遺忘・刑警

陳浩基

目錄

本作品純屬虛構，
與現實的人物、地點、團體、事件無關。

We passed upon the stair, we spoke of was and when
我們步過梯間，談及過去種種

Although I wasn't there, he said I was his friend
縱使我不在那兒，他說我是他的朋友

Which came as some surprise I spoke into his eyes
讓我有點訝異地對他說

I thought you died alone, a long long time ago
我以爲你孤獨地死了，很久很久以前死去了

——大衛·鮑伊〈出賣世界的人〉
David Bowie, "The Man Who Sold the World"

序章

房間正中央的地板上躺著兩具屍體。

蒐證的鑑識科人員跟我交代兩句，便往房間外的走廊找尋線索。房間裡只剩下我和兩具血淋淋的屍體。

不對。

把女死者子宮裡的死嬰也計算在內的話，應該說「房間裡只剩下我和三具屍體」。兩屍三命，真是猶如B級恐怖片的庸俗設定。

男死者伏在女死者身上，像是為了保護對方，以身體來阻擋向妻子侵襲的利刃，可是他徒勞無功，兩具屍體身上滿佈刀刺的傷口，鮮血把淺色的睡衣染得一片猩紅。男人臉上留下絕望的表情，似是為了自己的無能感到哀傷。

二人的血液流到木地板上，形成一個暗紅色的水窪。不久前，這些紅色的液體在他們身體裡流動，維持著三人的生命——包括那個肚裡的孩子。

我有時會思考，到底胎兒在母親的子宮裡會有什麼感覺。我不是想知道科學上的理論，生命如何形成是學者的問題，我想知道的，是胎兒有沒有感情，有沒有主觀的想法。

尤其在出生之前便要面對死亡，他或她——或它——會有什麼感覺。

胎兒會畏懼嗎？會絕望嗎？會為了自己未能呼吸第一口空氣而覺得悲愴嗎？

還是會對兇手感到忿恨？

我想，對胎兒來說，母親的子宮便是世界的全部。就像頑皮的小鬼把金魚從池塘中撈起丟到地上，或者拿放大鏡把陽光聚焦燒蟻穴一樣，被殺的生命只會對結果感到莫名其妙。

如果這是事實，那或許是件好事。至少，我面前這個從沒看過外面世界的孩子不用懷著憤怒和怨懟離開人世。

從屍體判斷，兇手曾對女死者隆起的腹部施襲，就像是要處死那個孩子一樣。女死者的肚子上有兩三處明顯的傷痕，從死者躺臥的角度、四肢的動作，我猜想兇手並不是先殺害母親再對胎兒下手。他是先刺女人的下腹再慢慢殺死對方。

一般人大抵接受不了這殘忍噁心的情境，但對我而言這只是平常的工作而已。

在這個大都會裡，刑警遇上謀殺案，機率只比在住所樓下的茶餐廳碰見鄰居低那麼一點點，屍體什麼的早已見怪不怪。比起血肉模糊的屍塊，我覺得匪徒的槍口更可怕。

我望向窗外漆黑一片的天空。三層樓之下的大街傳來吵雜的人聲，記者們大概被擋在封鎖線之外，努力地抓住相機，期望捕捉到屍體被送上車輛的一刻，拍攝到聳動的照片，好向老闆交差吧。孕婦遇害無疑會引起媒體的追訪，不過只要不是連環殺人魔的案子，兩個月後記者們連受害者的名字也會忘掉。

我們所居住的，便是一個如此膚淺的城市。謀殺也好、搶劫也好、誘拐也好、性侵也好，只要跟自己無關的，市民便可以安心地、以旁觀者的角度去「欣賞」這些事件。我不是說普羅大眾都是冷血動物，只是，現代社會令人失去同理心，說好聽的是「理智」，說難聽的是「冷漠」。當科技愈來愈先進，資訊愈來愈容易流通，我們對世事便愈來愈麻木。或許因為這世上的壞事太多，我們不得不冷漠起來，替自己覆蓋上一層又一層的裝甲，來適應這個「繁榮」的社會。以旁觀者的角度來看待事物，可以避免感情的傷害。

人類的感情都很脆弱。

然而對刑警來說，只要一天沒破案，工作便得繼續下去，不能抽身。

我輕輕嘆一口氣，小心沒踏上地上的血跡，往屍體旁邊蹲下。

女死者約莫三十歲，以一位育有四歲女兒的婦人來說，她保養得十分好。蒼白的臉頰、殷紅色的厚唇、微彎的細眉，怎看也是一位美人——縱使現在她嘴邊沾滿變成深褐色的血液、雙眼瞪得比五元硬幣還大，露出一副死不瞑目的樣子。

保護孩子是母親的天性，從她按著肚子的右手看來，她死前的一刻大概哀求著「請你放過我肚裡的孩子」，當凶手的刀刺進她腹部時，我想她所受的痛苦比面臨死亡更強烈。

丈夫保護妻子、妻子保護孩子，結果誰也保護不了誰，全給凶手幹掉。真是諷刺。

如果我把這想法說出來，那些膚淺冷漠的人會裝出道德家的姿態，反過來大罵我涼薄或無情吧。不過，刑警不應讓感情影響判斷，我早已習慣漠然地審視罪案的結果。如果我現在多愁善感，為這三條生命灑下同情之淚，也不過是裝出來的演技罷了。

我要做的，是逮捕犯人。這是警察的使命。

我瞧著女死者的樣子，心裡暗暗起誓，要為他們討回公道。剎那間，我看到她的眼珠微微顫動。

我把頭湊近，嗅到一股毫不血腥的芳香，她的一雙瞳仁慢慢轉向我，跟我四目相覷。

「辛苦你了。」她張開嬌豔的嘴唇，帶著笑意對我說道。

第一章

我猛然從睡夢中驚醒，映入眼簾的不是天花板，而是擋風玻璃和方向盤。陽光從左邊車窗射進車廂，在乍暖還寒的天氣下，這一點點陽光透過皮膚傳來現實的感覺。我蓋著藍灰色的夾克，身上穿著皺巴巴的白襯衫和黑長褲，連襪子也沒脫掉，蜷縮在椅背差不多躺平的駕駛座上。

我拉起座椅，瞇起眼睛往車外看，當瞳孔習慣了眩目的光線後，我才發覺我身處寓所附近的停車場內。我住的大廈沒有停車場，所以我只好在離家四個街口外的露天停車場租一個車位。在香港這個地少人多的鬼地方，買二手車的最大考慮並不是車價高不高，而是車位的租金貴不貴。

我盯著方向盤，感覺有點迷糊。我瞧了手錶一眼，指針指著九字和十字之間。昨晚我沒回家嗎？我昨晚去了哪兒？我是不是太累，駕車回來後直接在車廂裡睡著了？

啪。

「好痛！」

我的前額一陣劇痛，彷彿被鎚子用力敲打，可是痛感卻是從頭顱裡發出，從正前方往兩邊太陽穴延伸。

這是偏頭痛嗎？還是宿醉？

我拿起夾克嗅了嗅，一陣酒氣撲鼻而來。對了，我昨晚一定是爛醉如泥，所以才沒回家，乾脆在車上睡吧。我打開副座前的置物箱，拿出一瓶阿斯匹靈，想也沒想便吞掉兩片，連水也沒喝。

該死的，頭痛得要命。

我把藥瓶放進口袋，伸手關上置物箱，卻發覺配槍和警員證混在其他雜物裡，擠在置物箱裡頭。

我怎麼會如此大意的？竟然把這麼重要的東西隨便放在置物箱裡？配槍和證件不離身是警員的基本常識啊。如果昨天有小偷趁我熟睡打開車門盜竊，我便惹上大麻煩了。

我熟練地把連槍袋的左輪手槍繫回皮帶，把警員證放到襯衫的口袋，穿上夾克和骯髒的鞋子，走到車廂外，伸一個懶腰，全身的骨頭也咯咯作響。

我昨晚下班後大概去了酒吧灌酒，縱使我對昨天完全沒有印象，到過哪兒、見過誰、何時回到停車場一無所知。不過，我一想到今早在車廂裡醒來而不是在醫院病榻上甦醒，便感到萬分慶幸——我爛醉如泥也沒有發生交通意外，真是奇蹟。

「身為警務人員知法犯法，未免太差勁了。」我啐出一句，不由得苦笑起來。回到駕駛座，我從座位旁的暗格取出一瓶礦泉水，大口的喝掉半瓶。藥物開始發揮功效，頭痛減輕不少，但伴隨而來的是和夢境交錯的迷糊記憶。獨立零碎的片段糾纏在一起，像散落一地的底片，我無法把昨天、前天、一星期前、甚至一個月前的記憶整理。混亂的感覺充斥著全身，不安和疏離感慢慢滋生，身邊的一切景物，就連我正在呼吸中的空氣，也像是跟我排斥的異物。

不好，我的老毛病又要發作了嗎？

醫生曾對我說，遇上這情形時先閉上雙眼，深呼吸，把腦袋放空，待心跳緩下來才慢慢張開眼。我趕緊依著這方法，在駕駛座上待了五分鐘，再睜眼時心情倒也平復過來。

我有點印象了。

昨天我似乎為了公事跟同事吵了一頓，還差點大打出手。我好像抓住誰的衣領，幾乎把對方摔到地上。

我昨天幹嘛發飆？

那兩具躺在血泊中的屍體再一次浮現眼前。

我摸摸口袋，掏出深褐色仿真皮封面、尺寸只比名片大一點點的廉價記事本。我打開第一頁，第一行寫著潦草的「東成大廈」四個字。

對了，是東成大廈的兩屍命案。

上星期，位於香港西區修打蘭街的東成大廈三樓發生駭人聽聞的凶殺案，一對夫婦被刺死，女死者還是位孕婦。男死者鄭元達是個個頭矮小，體型略胖的傢伙，他在一家小型貿易公司任職，擔任部門主管。他的妻子呂秀蘭比他年輕幾歲，結婚後就辭掉銀行低級出納員的工作，專心在家照顧四歲的女兒，以及準備迎接新孩子的來臨。

這是很典型的香港小家庭，丈夫為了養妻活兒，拚命工作加班賺取微薄的薪水，把收入的大部分貢獻給房貸，餘下的省吃省用，一家三口擠在小小的安樂窩——只是他們的下場不大典型，夫妻兩人死亡，遺下一間未繳完貸款的凶宅、一樁駭人聽聞的新聞、以及一個未懂事的女兒。

跟那些曲折離奇的推理電視劇不同，我們作出簡單的調查後，很輕易地掌握案情的來龍去脈。也許是工作的關係，鄭元達經常和生意上的伙伴到夜店消遣，一年前和一位酒吧女侍搭上，對方還是個有夫之婦。鄭元達的老闆似乎很清楚他們的關係，常常勸他及早抽身，只是他沒聽老闆勸告，沒料到惹來殺身之禍，還累及家人。

循著男死者外遇這條線索追查下去，出來的結果也十分典型——酒吧女侍的丈夫是個暴躁的傢伙，曾犯多次的傷害罪，吃過好幾年的牢飯，是警署和監獄的常客。大概因為丈夫不在身邊，妻子才會在客人身上找尋溫暖，當丈夫發覺比自己年輕一輪的妻子不忠時，後果便不問可知。那個丈夫叫林建笙，綽號「鬼建」，三十九歲，雖然不是黑道中人，但跟一些混混有來往。

事發當晚林建笙獨個兒走到鄭家興師問罪，膽怯的鄭元達連家門也不敢打開，消極地假裝家中無人，這當然瞞不過鬼建的耳朵。鄰居們都聽到這個流氓一邊叫罵一邊狠踹大門，夾雜著不堪入耳的汙言穢語，嚷著要殺他全家云云。擾攘差不多二十分鐘，林建笙悻悻然離開，據說他還在大廈門前守候了一會，被管理員驅趕才離去。當時在鄭家除了鄭元達和腹大便便的妻子呂秀蘭外，還有他們的女兒鄭詠安以及呂秀蘭的姊姊呂慧梅。呂慧梅跟學歷不高的呂秀蘭不同，曾留學英國修讀語文，案件發生時在一家出版社任職編輯。她住在同一幢大廈的另一個寓所，獨居的她時常到鄭家用餐。

因為事出突然，本來一家人快快樂樂的晚飯頓變家庭糾紛。呂秀蘭發現丈夫的外遇自然氣上心頭，女兒又因為林建笙的吵罵嚇得大哭不止，於是呂慧梅在林建笙離開後，帶著外甥女回七樓的住所避風頭，讓妹妹和妹夫冷靜一下。說起來，呂慧梅和鄭詠安倒命大，如果她們沒離開，說不定這案件會變成四屍五命的滅門慘案——翌日早上，當呂慧梅和小女孩回到鄭家便揭發了命案。

法醫很快便排除了自殺的可能性，鄭元達挨了四、五刀才斃命，呂秀蘭更是失血過多致死。問題是凶手如何闖進房子裡。住宅的大門門鎖沒有被撬的痕跡，蒐證的同事只在門外找到林建笙踹的腳印。然而，這個謎團不消一個鐘頭便解開，東成大廈旁的一位露宿者說他在凌晨時分看到一個男人沿著水管，從大廈的外牆爬下來，神色慌張，往東面逃走。

我們在大廈外牆搜查，發現確鑿的證據——在水管上我們找到攀爬的痕跡，它們的分布顯示有人從一樓攀上三樓，再從三樓爬回街上，而水管和外牆上更有跟鄭家大門相同的鞋印和屬於林建笙的指紋。最令鑑識科人員雀躍的，是嫌犯在死者陳屍的房間的窗框還留下一個血掌印，除右手拇指外四根指頭的指紋清晰可見，而且這扇窗沒有關上。如此一來，單是環境證據已足以把林建笙送上法庭，加上殺人動機和目擊者的證詞，這案子應該很快便會結束。

可是我們沒有拘捕林建笙。也許正確一點的說，我們沒能拘捕林建笙。發現屍體後的七小時，林建笙已經逃離住處，消失在人群之中。他的妻子李靜如——

即是那個跟鄭元達有染的酒吧女郎——堅持說不知道丈夫的行蹤。慣犯林建笙在鄭家門外吵嚷，離開東成大廈後，一直忿忿不平，深夜攀爬外牆進鄭家尋仇殺人，事後潛逃——這樣想大抵很合情理吧。沒有人對這調查結果感到不滿，而餘下的工作只有把犯人逮捕歸案。

不過我卻感到一絲不協調感。

我審視整個案子，雖然找不到任何漏洞，但有種奇異的感覺——林建笙不是真凶。

我不理解這種沒來由的感覺從何而來，為什麼我會認為這個素未謀面的慣犯是無辜，我實在說不上來。

「這是刑警的直覺。」

我記得我昨天說過這句話，隨之而來的，是同僚的訕笑。

「什麼刑警的直覺？別發傻了！你以為你是誰啊？」「嘿，大偵探，你還是回家休息休息吧。」「別添亂子啦，我們這些小角色就該安守本分，萬一惹上面的傢伙討厭，將來便要吃不完兜著走……」

「怎可以就此作罷！我們要找出真相！」我記得我當時很激動。

「菜鳥給我閉嘴。」

對了，就是這句令我發飆的。是哪個混蛋罵的？我記不起來。雖然剛升級當警長，但我在重案組裡還是個經驗不足的新人。那些傢伙的嘴臉讓我作嘔，沒有半點認真工作的態度，但求交差就好。就連黃組長也是同一副臉孔，以後要在他手下辦事……哎，一想到這兒頭又開始痛了。

我敲了敲額頭，把餘下半瓶的礦泉水喝掉，踏出車廂，關上車門。手錶的指針指著十點，縱使昨天跟同僚們鬧得多麼不愉快，我也不能藉口逃避工作。不論林建笙是否真凶，我也得先把他逮住，否則真相只會永遠埋藏在表面之下。這兒往警署只要十分鐘腳程，我沒打算駕車回去。我家距離警署有八個街口，停車場在兩者之間，我為什麼還要買輛二手的日本車代步，老實說，我並不知道。

我伸手進外套口袋找車子的遙控防盜器，指尖卻碰到一片陌生的厚紙片。我掏出來一看，原來是一個圓形的紙杯墊，上面印有一頭獅子的圖案，邊沿寫著「Pub 1189」，以及這酒吧的地址。雖然我沒半點印象，但我想這是我昨晚光顧的店子。

「原來我昨晚去過中環嗎……」我搔搔頭髮，把杯墊反過來。

「許友一 Hui Yau Yat 517-716929-123 $56888」

這是什麼？為什麼上面寫了我的名字？沾有一點水漬的白色杯墊背面，寫著用藍色原子筆留下的文字。看樣子，這似是個銀行帳號，後面更有銀碼。這大概沒有錯，可是我卻認不得這帳戶號碼，更遑論那個五萬多元代表什麼。

我凝視這串數字，看了差不多一分鐘，還是沒有頭緒。算了，犯不著花腦筋在這些小事，宿醉過後，下午便會記起一切吧。

我把車門鎖好，沿著大街往警署走。港島西區是個老舊的社區，和緊張繁忙的中環、遊人如過江之鯽的銅鑼灣、悠閒憩靜的南區等地不同，西區很少受到注意。這兒最為人熟知的是區內有多間歷史悠久的名校，其中包括著名的香港大學，社區中多是育有子女的家庭，所以西區的治安並不壞，可說是民風淳樸。事實上，西區是香港最有歷史價值的社區之一，一百年前這兒是著名的風月場所集中地，每次我想到這條曾經滿布妓館的街道，今天卻豎立一間又一間的幼稚園和中學校，當中的演變叫我吃驚。

我上班的西區警署也是區內擁有歷史的建築物之一。香港開埠初期，殖民地政府在香港島設立十間警署，除了位於中環的警察總部外，其餘皆編上編號。廣東人習慣把警署叫作「差館」，於是這些警署被稱為「一號差館」至「九號差館」。百多年後的今天，各區的警署都搬遷到其他地址，原來的建築物不是被拆卸便是改頭換面變作博物館之類，市民也忘記這些一號二號什麼的——唯獨編號「七號」的西區警署，不但在原址改建擴建，繼續本來的用途，甚至「七號差館」這名字仍被附近居民廣泛使用。或許如歐美人士常說的「幸運數字七」，這警署就是受到幸運之神的眷顧，逃過被遷拆的命運。

我經過屈地街，從皇后大道西走向德輔道西。警署就在兩個街口之外，可是此刻我有種奇妙的陌生感。賣衣服的店舖、路邊的書報攤、欄柵上的海報、馬路口的紅綠燈，按道理我每天上下班也會經過，應該對這一切也很熟悉，可是它們給我一種陌生感。

雖然我說感覺上很陌生，我卻沒懷疑過這是一個陌生的環境，我很清楚下一個路口有多遠、我該在哪兒轉彎。這種熟悉又陌生的感覺，就像一杯既溫且冷的開水，明明知道沒可能存在，我的神經卻傳達著明確真實的訊息。

就像我每天也看過類似的風景，這一刻才是第一次踏足這街道上。

「這種病叫 Post-traumatic stress disorder，即是『創傷後壓力心理障礙症』，簡稱 PTSD。因為你曾遇上嚴重的心理創傷，那事件在你的意識裡留下不能磨滅的傷痕，即使你意識不到，它留下來的心理傷害仍會持續。你的情緒會因為小事而波動，失去注意力，甚至出現短期性或選擇性的失憶。」

醫生曾這樣告訴我。

現在這感覺叫「未視感」吧？和對陌生的事物產生熟悉感覺的「既視感」相反，「未視感」指對熟悉的事物產生陌生感。怪異的是，我這種陌生的感覺卻又不完全陌生，彷彿「既視感」和「未視感」同時發生。

我晃晃腦袋，擺脫那些亂七八糟的想法。不少警務人員也曾患 PTSD，重要的是這病有沒有影響工作。我很清楚自己的精神狀態，如果被小小的情緒病打敗，我又如何勝任這職務？什麼狗屁 PTSD，什麼娘娘腔創傷壓力，只要意志堅強一點把它們克服就是了。

走著走著，我來到西區警署的門外——我沒預料到它給我的震撼，比陌生的餐廳招牌和路燈更甚。

我完全認不得警署了。

警署外頭依舊放了兩門裝飾用的古老大砲，可是樓梯和牆壁都煥然一新，鋪上亮麗的雲石和淺灰色石磚。玻璃門旁的磚牆給換成落地玻璃，讓經過的人對警署大堂一目瞭然。就連牆上「西區警署」四個中文字亦翻新，換上方正的字體。

這是什麼一回事？才一天光景，警署大門便給重新裝修了？

我呆了半晌，細心察看這個「簇新」的門面。不對。這不是一天完成的裝潢，路磚和牆壁已有點舊，角落有丁點破落，積了好些灰塵，它們說明了這大門不是昨天給換上的。

那股怪異的陌生感再一次向我襲來。我掛起警員證，推門走進大堂，四周再一次令我陷入迷惘。警署大堂的褐色木椅都給換成時尚的不鏽鋼椅子，牆壁也給粉刷過，貼著形形色色的政府海報。那個放宣傳單張和警務資料的破木架沒了，取而代之的是黑色外框銀色鋼條的直立式架子，單張和資料整齊地插在不同的間隔內。天花板的螢光管給換成內嵌式的省電燈泡，柔和的光線跟我印象中的眩目白光相差很遠很遠。

「先生，有什麼可以幫忙？」一位坐在櫃檯後穿著整齊制服的女警員跟我說。她似乎看到我四處張望、神不守舍的樣子。

「呃……」我把掛在頸上的警員證揚了揚，「這兒是西區警署吧？」

「是的，學長。」她笑容可掬地回答。

「大堂是昨天裝修的？」我問。

「什麼？」

「我說，這些牆壁、架子、桌椅是昨天裝修好的嗎？」

那女警略略皺眉，說：「我上星期才調到這區，我只知道我來的時候大堂已是這樣子了。」

一個星期前已是這模樣？發生了什麼事？這是同事們跟我開的玩笑嗎？可

是，這規模可不是簡單能做到，誰會大費周章來整我？

「請問學長你要找誰？」女警問道。

我本來很想回答我在這兒上班，可是話到喉嚨卻說不出來。這真的是七號差館嗎？

「重案組黃督察回來了嗎？」我問道。

「誰？」

「重案組指揮官黃柏青督察啊。」

「重案組的指揮官是姓馬的，學長你是否弄錯了？」

姓馬？誰啊？

「弄錯的是妳吧？我說的是西區重案組的組長。」

「西區重案組指揮官是馬鴻傑督察，並不是什麼黃柏青。」

「你找黃組長？」一位路過的男警員插嘴問道。他的前額光禿，看樣子有四、五十歲。

「對。」我點點頭。

「老黃三年前退休了啦。他現在應該在加拿大生活吧。」

三年前退休了？我昨天才跟他吵了一頓啊？我正想追問，目光卻捕捉到難以置信的數字，令我怔住。

東成大廈的血案，發生在上星期二的三月十八日。可是女警員身後的電子螢幕，卻寫著今天是三月十五日星期日。一時之間我以為自己看錯，但多看一眼，日期的確是三月十五日。令我錯愕的不是日期，是年分。螢幕上寫著「二〇〇九年三月十五日」。

今年不是二〇〇三年嗎？

我轉頭細看壁報板上的海報。「二〇〇九年度少年警訊獎勵計畫」、「二〇〇九年全城禁毒日活動」、「香港警務處二〇一〇／一一年度輔警招募計畫」……任何一張告示，也說明現在是二〇〇九年。

我的腦袋一片混亂。我清楚記得昨天還是二〇〇三年，東成大廈凶殺案發生後的一個禮拜。我幾乎想問問面前的人現在是哪一年，但這樣問只會讓人以為我有神經病。不好，我得冷靜下來。我……是不是發病了？

——你的情緒會因為小事而波動，失去注意力，甚至出現短期性或選擇性的失憶。

短期性的失憶。

我從沒問過醫生所謂「短期性的失憶」有多嚴重，是忘記剛看過的電影的內容呢？還是忘掉昨天午餐吃過什麼呢？我一直以為，這跟健忘差不多，再嚴重也不會有大問題。

可是現在我忘掉了六年的事情！

我靜心一想，如果我因為發病失去了這六年來的記憶，從今天早上到現在一切不合理的地方也變得合理了。街道的陌生感是因為我只對六年前的店鋪有印象，警署的裝修是在這六年之內完成的，黃組長三年前退休亦十分正常，畢竟他已差不多五十歲——呃，我說的是六年前他差不多五十歲。問題是，我對身邊的事情的認知，只維持在六年前的狀態。我現在是否仍在西區警署上班？仍在重案組工作？

當我正在盤算如何發問會顯得不太突兀，一個穿黃色長袖汗衫和黑色牛仔褲的短髮女生上氣不接下氣的衝進警署，走到我身旁跟櫃檯後的女警說：「麻、麻煩您，我約了重案組的許友一警長九時半見面，請、請您替我通知……」

我回過頭來，詫異的問：「妳約了我？」

短髮女生看看我，再盯著我胸前的警員證，仔細端詳上面的名字和照片，剎那間漲紅了臉，一臉窘困的樣子，接著以機關槍的速度一口氣說：「您、您便是許警長嗎？很抱歉！我遲了整整一個鐘頭！我昨晚顧著寫稿，晚了睡，結果今早睡過頭了！都是我的鬧鐘不好，好死不死的選今天沒電，我平時很少失約遲到的！您知道我們當記者的從不會浪費時間，這次只是意外！更糟糕的是，我在公路上才發現油缸快沒汽油，花時間去加油卻又遇上塞車！那時我想先打個電話給您，怎料我忘了帶手機出來！您的手機號碼我也沒記下來，我真是糊塗啊！很對不起，要您等我，真是十分抱歉！」

面對連珠砲發的說話，我完全反應不來，旁邊的女警員靦腆的微笑著。

「小姐，請妳慢慢說。妳約了我見面嗎？」

「啊，我前天跟您通電話，您說今天休假，能抽時間接受我的訪問嘛。」

短髮女生遞上名片。「我聯絡你們的公共關係科，說想找負責的警官接受訪問，他們便告訴我可以找您，又給我您的號碼。或者我前天在電話裡的說明不大清楚……」

名片的左上角印著時事資訊雜誌《FOCUS》的紅色 F 字標誌，而正中央則以黑色墨水印著「時事組採訪編輯　盧沁宜」的字樣。

「很抱歉，因為一些突發事件，我想我今天不太方便……」我想，我現在最優先要做的，是到醫院讓醫生檢查一下。

盧小姐深深皺起眉頭說：「一點時間也抽不出來嗎？可是我這個專題不能再拖了。而且呂慧梅女士只願意今天接受訪問，她拒絕了我很多次，我好不容易才讓她答應……」

當我聽到「呂慧梅」這三個字，猶如觸電似的刺激著我。

「妳說……呂慧梅？是東成大廈謀殺案女死者的姊姊？」

「對啊，我不是告訴您我正在撰寫六年前的東成大廈謀殺案的報導嗎？公共關係科那邊說您當年是偵查成員之一啊。」

雖然我認為我應該盡早到醫院找尋我失憶的原因，但好奇心使我難以拒絕對方的邀請。或許這個盧沁宜能告訴我東成大廈謀殺案的調查結果——如果這案子已經了結的話。

「好吧，」我說：「我想我勉強能抽一點時間出來。」

「謝謝您！」她深深的鞠躬，往大門走去：「那我們走吧。」

「往哪兒去？妳不是說做訪問嗎？」

「當然是去呂慧梅女士的家呀。許警長您說您家在附近，叫我到警署接您，我對這兒附近的路不太熟，只知道七號差館的位置。」她不好意思的笑道。

我跟著她離開警署，回到大街上。在警署門外，一輛紅色的迷你 Mk V 泊在路邊，盧沁宜走到駕駛座外。

「盧小姐，妳竟然在警署門外違規停車？不怕吃罰單？」我一邊打開車門一邊說。

「剛才太急了嘛，而且交通警察才不會隨便給停在警署外的車開罰單，一來不知道會不會是緊急求助的市民，二來不知道會不會是高級警員的座駕，萬一得罪上級便惹禍上身。」她吐吐舌頭，說道。

「妳對著警務人員說這樣的話，想我抓妳回去嗎？」

盧沁宜怔了一怔，接不上話。

「啊……那個……對不起！我以後不敢了！」

看到她那個慌張的表情，我忍不住噗哧一聲的笑出來。

「盧小姐，我不是交通部的，除非妳的行李廂中藏著屍體，否則我抓妳回去也沒意思。」我笑著說。

盧沁宜這時才發覺我是跟她開玩笑。

「許警長，別戲弄我嘛。」她吁了一口氣，說：「還有，叫我阿沁好了。」

阿沁試了三次才成功啟動引擎。「老爺車，沒辦法。」她苦笑一下。

迷你沿著大街往西走，轉眼間，車子走在西區海底隧道的道路上。

「我們為什麼往九龍去？呂慧梅不是住在東成大廈嗎？」我奇道。

「許警長，東成大廈已經拆掉兩年多了，你沒理由不知道喔？」阿沁沒回頭，一面駕駛一面回答。「而且，呂女士在事發後不久便搬到新界居住，畢竟東成大廈有太多可怕的回憶吧。」

「是嗎？事隔太久，我不大記得了。」六年前的案子，不記得也是人之常情吧？況且我根本沒說謊，我真的是「不記得」了。

阿沁好像有點驚訝，說：「許警長，你不是把案情細節都忘光了吧？我的報導還得仰賴你啊！」

「呃，我只是忘記了一部分，對某些細節還記得很清楚，例如鄭元達夫婦的死因、林建笙的行兇手法等等。」

「這便好了，」阿沁好像吁一口氣，「我正想多了解警方內部當時的想法……案件最後悲劇收場，表面的資料光看死因裁判庭的報告已夠詳盡了。」

「悲劇收場？」

「犯人林建笙拖累了七、八個人陪葬，雖然你當刑警的司空見慣，但對一般市民來說，這結局真是既可怕又悲傷啊。」

七、八個人陪葬？到底發生了什麼事？林建笙死了嗎？從後視鏡中我看到我錯愕的表情，不過阿沁似乎專注於駕駛，沒留意我的樣子。

「是……是啊。真是悲劇。」我硬生生地吐出這句附和的說話。

「對了，當年有報導說林建笙遇見警員逃走肇禍，也有說他是企圖用車子撞倒警員，到底哪個版本才是真的？」

「這個嘛……我也不大清楚。」我敷衍過去。「報紙有這樣的報導嗎？」

阿沁點點頭，說：「那時我還沒畢業，所以對於不同報章的不同報導特別敏銳。教授老是跟我們說報導即使再客觀也是人寫出來的，只要是人處理的資訊便有偏差，要當好記者便要無時無刻探求事實的真相。你身旁的文件夾有當年的報導，兩份主流報紙卻沒有統一的說法，我還希望在調查前線的你能告訴我真相呢。」

我從車門的間隔拿出一個文件夾，裡面夾著幾份剪報的影印本。看到剪報標題時，我的心臟猛然地跳了一下，一字一句衝擊著我的思緒。

二〇〇三年三月三十一日

雙屍命案疑犯劫車逃亡　西環失事釀成八死五傷

【本報特訊】兩星期前港島西區東成大廈發生凶案，警方通緝中的嫌犯林建笙（39歲）昨日於港島西區堅尼地城被巡邏警員截查，林逃跑時搶去一輛計程車，在卑路乍街往西逃走，期間衝上人行道，令七名途人死亡、五名途人受傷。林建笙於士美菲路路口被警方衝鋒車攔截，與一部停泊的貨車相撞，林被夾在車廂，救出後送院證實不治。

三月十八日凌晨西區東成大廈三樓發生兩屍三命凶殺案，戶主鄭元達（36歲）和妻子呂秀蘭（32歲）在十八日早上被發現陳屍家內，警方調查後認為事件牽涉桃色糾紛，通緝一名叫林建笙的男子，懷疑他因為妻子與鄭有染而殺害鄭氏夫婦。綽號「鬼建」的林曾多次犯罪入獄，而林於案發後失蹤，直至昨日下午四時兩名巡邏警員於西祥街發現外貌與林相仿的男性，上前截查時對方反抗並逃走。吳姓警員表示，林被發現時表現冷靜，待吳與同僚走近時突然發難，往卑路乍街逃去。

林於卑路乍街截停一輛計程車，把司機拉出車廂，奪去車輛。目擊者透露，林劫車後駛至山市街前，因為燈號轉紅，林便把車衝上人行道，無視途人閃避，高速前進，十多名市民被撞倒受傷。「那輛計程車好像發了瘋似的，（時速）六十多七十公里的衝過來，有兩個小孩子在我眼前被撞至飛起，那傢伙準是瘋了。」傷者李先生表示，即使有人被撞倒或輾過，林當時完全沒有減速的意圖。

計程車行走約五百公尺後，警方的衝鋒車迎面趕至，林疑似一時心急，往左駛去，卻撞上停泊路邊盛載鋼筋的貨車，相撞後鋼筋插入計程車車廂。消防員於五分鐘後趕至，由於相撞時計程車以高速行駛，車架嚴重扭曲變形，二十分鐘後林才被救出。

所有傷者被送往瑪麗醫院治理，其中八名傷者（包括林建笙）送院後證實不治，目前尚有三名傷者情況危殆，兩名輕傷者包紮後已經出院。死傷者家屬往醫院等候消息，部分人情緒激動，有死者的母親更暈倒。由於事態嚴重，保安局局長及行政長官先後到醫院慰問傷者及家屬，而行政長官發表聲明，譴責肇事者罔顧人命。對於繼去年「賊王」葉炳雄在西區海旁落網，再有通緝犯潛藏西區，有議員表示關注……

我看不下去。

我恍似看到一幕幕類似的回憶，汽車衝上人行道，把路人撞倒、輾斃，就像在我面前發生。強烈的噁心感從胃湧上，差點讓我吐出來。

我竟然曾認為這個林建笙是無辜的？這傢伙簡直是惡魔。我對這人渣的所作所為感到憤怒，這情感勾起沉澱已久的印象，我曾幾何時有過同樣的感想。為了一己私利，傷害多條無辜的生命，破壞好幾個家庭的幸福，這種人死有餘辜。

死有餘辜。

——真是如此嗎？

我的心底冒出一個疑問。即便這個林建笙幹了如此天理不容的壞事，即便我是如此反感，那點疑問還是扎根在我的腦海裡。又是那該死的「刑警的直覺」嗎？

頭好痛。

我掏出藥瓶，嗑了兩片阿斯匹靈。

「你不舒服嗎？」阿沁問道。

「大概是宿醉，我今早開始便頭痛。」我說道。「對了，妳為什麼要把這樣的老案子翻出來？縱使這案件再嚴重，也是六年前的事情了。時事雜誌應該報導一些新案件吧？」

「總編輯說要跟娛樂組來個連動計畫，因為莊大森導演正在拍攝這案子改編的電影。」

「莊大森導演？」這名字似曾相識。

「那個去年作品大賣的年輕導演啊。」阿沁的語氣，像是奇怪我不認識這位知名的導演似的。「據說他要拍一部像美國《殺謎藏》[1]的寫實犯罪電影，所以挑了這案子，電影已差不多殺青了。他們還找了影帝何家輝飾演林建笙，故事集中在主角的心理描寫，講述他如何從普通人變成惡鬼，心狠手辣把孕婦殺害，再拉一群路人陪葬。因為預計這電影會引起一些話題，所以總編要我撰寫一篇詳細的專題介紹這案子，待電影上場後，也許再來一個比較性的報導。」

這案件拍出來，大概會像《八仙飯店之人肉叉燒包》[2]而不是《殺謎藏》吧。

1 《殺謎藏》：原名 Zodiac，台譯《索命黃道帶》，以六〇年代肆虐舊金山的連環殺手為主題的美國電影，導演為大衛．芬奇。

「妳那本不是時事資訊雜誌嗎？」我問道。

「今天娛樂新聞也給當成時事了，讀者愛看，銷路上升，大老闆下命令，總編輯想反抗也沒法子啊……」阿沁緩緩說道，看來今天記者這口飯也不易吃。

「不如你說說發現命案時的資料吧！」阿沁接著說：「我找呂慧梅女士是為了跟進那案件的後續，想報導一下受害者走出陰霾的經過。我已訪問了好幾位被林建笙撞死的死者家屬，不過呂女士是首當其衝的受害者，也是最接近事件原點的人，我擔心她會受不了。許警長你在場的話，應該能替我補充一些細節……」

「那麼說，我只是配角吶？」我說。

「喔！不、我不是這個意思，我是說，因為這個報導並不是為了揭發什麼內幕，雖然讀者都比較喜歡爆料哪，呃，我這個專題是以受害人為中心的，所以集中在受害者的角度來說明事件，不過報導一定要全面，許警長便是以一個局外人的客觀身分來審視這案子，讓讀者可以從中抽離，不會覺得雜誌變得煽情……」阿沁緊張地說，好像怕剛才說錯話。這女生一著急起來說話便像機關槍掃射。

「安啦，我不是埋怨，」我說：「況且我也知道，當年我只是個剛調職的小咖，在組裡是新人罷了。對這案件，我的確只是個配角，主導調查的是黃督察。」

「可是你那時剛升任警長了喔？」

「職銜比組裡的探員高，卻不見得他們認同。」我想起被同僚孤立的情形。「我的意見他們都不接受，一個剛調職的警長的分量，比不上一位在組裡待了二十年的老探員的半句話……」

「不過結果你還是在西區的重案組待了下來嘛！」阿沁笑著說：「其他人不是退休了便是調職了，只有你留在組裡，這不正正說明了你的分量嗎？說起來，你比我想像中年輕呢，我還以為你是個像古畑任三郎的大叔，沒想到你反而像青島刑事。」

「他們是誰？日本人嗎？」我問。

「呃……」阿沁苦笑一下，「他們是日劇的刑警角色，我想你沒看過吧。」

我沒把心思放在那些什麼古畑或青島身上，我在意的是「只有你留在組裡」

2 《八仙飯店之人肉叉燒包》：以一九八五年在澳門發生的滅門凶案為藍本的香港電影，由邱禮濤執導。現實中案件被揭發後，傳聞凶手以屍體製成叉燒包出售，引起公眾譁然。

這句話。如此說來，我這六年來應該還待在西區重案組裡，即便組長換了人，同僚都走了，我還是留在原地。

我是因為不認同東成大廈凶案的結果而留下來的嗎？為了找尋真相而留下來的嗎？

我搖搖頭。到現在還認為這案件別有內情，已經稱得上是偏執狂了。

「我記得六年前的報導說過，」阿沁回到案子的話題上：「鄭氏夫婦是被林建笙用刀刺死的，凶器一直沒有尋獲，是不是？」

「對，凶器大概是一把十多公分長的刀刃，鑑識科認為是像蝴蝶刀那種小刀，但刀刃不太鋒利。鄭元達頸項和胸部中了四刀，呂秀蘭腹部挨了兩刀、胸口中了三刀，傷口很深，凶手下手十分殘忍。鄭元達死時還企圖保護妻子，趴在她身上，可是失敗了，臥房的地板一片血紅。」

「咦？鄭元達不是陳屍客廳嗎？呂秀蘭才是在臥房吧？」

「不，二人都在臥房，我親眼看過。」

「媒體的報導果然有差呢，」阿沁說：「所以說，許警長在我的報導裡占了很重要的位置啊。」

兩具屍體的形象再一次浮現。那蒼白的臉孔、豔紅的厚唇……

還有那一句「辛苦你了」。

夢境和回憶混亂起來，我的頭又痛了。

片段一　二〇〇二年十月十二日

「阿一，你知道當警察最重要的是什麼嗎？」

「保護市民？除惡懲奸？」

「嘿，你今天才從學堂[3]畢業嗎？這些冠冕堂皇的話留待升級試對上司說吧！當警察最緊要的，自然是保住自己的小命呀。」

在堅尼地城海旁，兩名警員緩步走著。時間是凌晨三點，街上沒有半個人影，就只有這一老一少兩位警員信步而行。軍裝警員每天不分晝夜巡邏，年輕的警員往往跟年長的配成一組，在體力上和經驗上互補長短。

「華叔，這樣說有點不好吧。」被老警員叫作「阿一」的許友一按了按警帽，說：「當警察就是為了犧牲自己維持正義，如果面對匪徒，我們一定要挺身而出啊。」

「阿一，你入行多久了？」華叔保持著相同的語調，雙手交疊背後，緩緩地問道。

「已經四年了，下個月考升級試。」

「我當老散[4]當了三十一年吶，明年便退休。」華叔笑了一聲，「每年總會遇見幾個像你這種小伙子，一腔熱血，老是把除暴安良掛在嘴邊。我問你一個簡單的問題——如果你現在面對一位持槍的悍匪，你會怎麼辦？」

「當然是跟他搏鬥，把他拘捕。」

「這樣子你有九條命也不夠死呀。」華叔嗤笑一下。「你應該立即躲起來，用對講機要求增援。警察不是消防員，消防員面對大火，他們不得不前進，因為他們的職責是拯救被困的人；可是我們的工作是防止罪案發生，你魯莽地犧牲自己，不見得能把事情辦好，到頭來只是白白丟了小命。」

許友一沉默不語，不置可否。他明白華叔的意思，但他有著不同的想法。如果在鬧市中匪徒亮出武器，即使再危險，警察也得優先保護市民。若然連警察也退縮，試問誰敢迎上前去，敢向惡勢力說不？

3 學堂：即警察學校。

4 老散：普通警員俗稱為「散仔」，年長的被稱為「老散」。

當然，許友一不打算直接對華叔說出自己的意見。華叔是警署的老臣子，就算是督察級也會尊稱他一聲華叔，跟對方同級的許友一如果執拗不放，便未免太不世故，不懂做人。華叔加入警隊時廉政公署仍未成立，在後來那個打擊貪汙的年代，他沒被撤職便證明他正直清白。許友一猜想，華叔年輕時也許跟自己一樣，懷抱著熱情投身警界，只是這三十年的打滾磨光了他的熱忱。

警察局是另一種辦公室，一樣有辦公室政治，有派系鬥爭。

「留得青山在，哪怕沒柴燒。當你見過風浪，嘗過苦頭，便會知道光靠著一股蠻勁有害無益。槍打出頭鳥，像你這種年輕人要學的，不是如何表現自己，而是如何安份守己，無論在街頭面對罪犯，還是在差館面對上司，道理也是一樣。」華叔繼續說。

「什麼風浪？」

「嘿，這個留待你自己見識見識了。」華叔不懷好意地笑著。「熬得過便平步青雲，熬不過的話，便像我一樣，當三十年老散囉。」

許友一默默地跟華叔並肩走著。雖然這一次是他首次跟華叔一同巡邏，但他跟華叔在警署內有過不少交流，華叔對他很是關照。之前他一直期待跟華叔搭檔，希望從這位老前輩身上掙點經驗，只是沒想過對方傳授的是這些手段撇步。

時間已是凌晨四點。新海旁街在西區堅尼地城海邊，雖然馬路一邊設有街燈，漆黑的大海還是一片暗澹朦朧。由於港島土地不敷應用，政府不斷填海，堅尼地城的海岸線便不斷向海延伸，曾有人打趣說終有一天維多利亞港會被填平，港島會跟九龍半島連接起來。這說法雖然誇張，但許友一清楚知道，他現在所處的新海旁街，以前是海的中心，距離岸邊至少一百公尺。許友一自小在西區長大，小時候時常跟父親到海旁垂釣，可是當政府把附近的碼頭攔起來，讓工程車把泥土倒進大海裡，那些愉快的時光只能變成回憶。

華叔在新海旁街的一座貨倉旁邊，打開放置簽到簿的小木箱。巡警每次巡邏，也會依照安排，按時在各個簽到簿上簽名，證明巡邏工作完成。西區沒有夜店，通宵營業的只有一些茶餐廳，所以這兒的巡邏警員們的工作不大辛苦，跟九龍區一些龍蛇混雜的街道相比，這兒可說是天堂。許友一這些年來跑夜班，頂多遇上有市民投訴噪音，或是小車禍之類，某程度上可說是非常沉悶。

就在他們簽名途中，有一個三十來歲的男人，手插口袋，不慌不忙往他們的方向走過來。

「華叔，我想『盤』一下那人。」許友一盯住那個打著呵欠的男人，跟華叔說。「盤」是巡警的慣用語，意思是攔下路人盤問一下，檢查他的身分證，看看有沒有可疑。

「我看他沒有什……」華叔不以為然的說道，可是許友一沒等前輩贊同，筆直的向男人走過去。

「先生，麻煩你給我看看身分證。」許友一伸手擋住對方。

「長官，什麼事嘛。」男人再打一個呵欠，不情不願的樣子，用左手掏出皮夾。

「你住在附近嗎？」華叔走到許友一旁邊，向男人問道。

「對啊，就在下一個街口……」男人轉頭向左邊望過去，兩個警察隨著他的視線，向那個方向瞥了一眼……

「轟！」

在沒有任何先兆下，許友一前方傳出一聲巨響，和聲音一同出現的，是熟悉的硝煙氣味。許友一只把視線從男人身上移開半秒，就在這半秒的間隙，他已陷入想像不到的危險處境之中。

那個男人的右手握著一柄短小的、黑色的手槍。槍口正在冒煙。

持槍男人的表情沒半分變化，沒有憤怒的樣子，更沒有猙獰的笑容。許友一在瞬間知道，對這個男人來說，開槍殺人就像呼吸一樣自然，是平常不過的事。

許友一發覺自己沒中槍是下一秒鐘的事情。華叔在他身旁發出慘叫，然後向前彎腰，倒下。許友一想伸手拉住華叔，但他的身體沒有反應。不知道是因為接受過嚴格的訓練，還是出於動物本能，他這一刻沒有再把視線移開，直盯著面前的男人、對方的臉孔、他所握住的手槍、以及靠在扳機上的食指。

——要死了。

這念頭在許友一腦海中閃過。

他在警校學過如何處理目前的情況，但他的腦袋一片空白。一般來說，警員遇襲時應該拔槍，確保自己和同僚的安全，然後求救；可是，他知道這刻這些知識派不上用場。

他知道自己根本不夠時間拔槍。

男人和自己只有幾十公分的距離，而且對方是個殺人不眨眼的傢伙——只要有一絲猶疑，只要拔槍的動作慢上半秒，便要吃上一顆子彈。

他亦知道這距離無處可逃，無論他向哪個方向逃走，子彈還是會無情地擊中自己。

許友一作出一個他沒想過的行動。

他伸手握住男人的手槍。

他沒有多想，他只知道目前要做的是阻止對方發射第二發子彈。

他以右手虎口緊按手槍的滑膛，再以食指壓住扳機的後方。他感到男人的手指正在扣動扳機，只要他手指一鬆，另一顆九毫米口徑的子彈會穿過自己的胸膛。

許友一感到跟對方角力很久，可是這不過是五秒不到的事情。男人似乎沒想過許友一有此一著，露出一點詫異的表情，隨即鬆開右手，以拳頭揍向許友一的面頰。

「啪！」許友一結實地挨了一拳，眼前金星直冒，不過他沒有倒下。他以左手叉向男人的脖子。他不擅長近身格鬥，但如果比體力和耐力，他還有點信心。

男人發覺策略錯誤，連忙多揍幾拳，但許友一沒放開左手。許友一的右手仍緊握男人的手槍，他想過把槍抓好，或是拔搶指嚇對方，可是他沒有餘暇處理。光是集中精神應付面前這凶悍的傢伙已不能分心，如果對方突然拔出小刀，也足以讓自己喪命。

許友一嘗試把男人按倒地上，但他沒有成功。男人企圖把他推往海裡，也一樣失敗。二人就這樣僵持著，你一拳我一腳互相扭打。許友一占了一點上風，他用右手握住的手槍，以槍柄重擊對方的頭部，男人血流滿面，但仍不住掙扎。

這場扭打只持續了一分鐘。由於傳出槍聲，附近有居民報警，碰巧有一輛巡邏車停泊在附近，五名警員很快到場。看到對方增援已到，男人不再反抗，被趕到的警員用手槍喝令趴在地上，任由他們替他鎖上手銬。

這場一分鐘的打鬥，在許友一心中卻像三個鐘頭那麼長。當他回過神來，看到血泊中的華叔，不由得跌坐地上，面容扭曲。許友一對男人被捕、救護車到場之間的事情全無記憶，只懂大力的喘著氣，精神恍惚地左顧右盼。

他記得的，只有蜷縮地上、身上一片紅褐色的華叔的身體，以及那個頭破血淋、沒露出半點感情的惡魔的表情。

半小時後，鑑識科人員在現場蒐證，許友一坐在警車中，按著瘀青的臉頰，喝著熱茶，向筆錄的警員說明經過。縱使他能清醒地敘述事件，但他心裡猶有餘悸。

「那麼說，當時你本能地扣住對方的手槍，所以才逃過一劫？」

許友一點點頭。

「我用手指穿過扳機後的空間，所以對方沒能開槍。」

負責筆錄的是一位三十來歲的便衣警長。他記下許友一的供詞後，瞥了放在旁邊包在透明塑膠袋的證物一眼——那柄黑色的半自動手槍。

「老弟，你真走運，對方拿的是馬卡洛夫而不是黑星。」警長笑了一笑。

「什麼？」

「那是蘇製的馬卡洛夫PM，而不是大圈[5]常用的大陸製54式黑星手槍。」

「不，我問的是為什麼說我走運？」

「黑星的扳機後方沒有空位，你不可能把手指插進去跟對方角力。」警長指了指手槍的扳機。「流進香港黑市的手槍，十把裡有八把是黑星，給你碰上馬卡洛夫，不是好運是什麼？」

許友一倒抽一口涼氣，剎那間感到背脊發麻。

十分之八……即是說，剛才有五分之四的機會，自己的抉擇會徒勞無功。

一位穿制服、身材略胖的中年警員緊張地打開車門，看到許友一，說：「你這回成名了，警署剛證實犯人身分，你抓到那個原來是葉炳雄。」

「賊王葉炳雄？」許友一訝異地問道。

「就是那個頭號通緝犯。」

葉炳雄跟過去十五年多宗持械劫案有關，劫去的財物高達八千萬元，案件中共有三名警員和六名市民被槍殺，警方亦相信他跟一條黑市槍械買賣管道有密切的關係。在十年間他一直是警方的頭號通緝犯，可是一直無法確定他的行蹤，連

5 大圈：香港人對來自中國大陸的賊匪的俗稱。

他有沒有潛逃外地也不清楚。就算提供數十萬元的懸賞，依然沒有任何情報。

「立這種大功，應該很容易通過升級面試吧。」便衣警長插嘴說。「看來你很快便告別這身軍裝了。」

即使抓到大賊，許友一沒有半點興奮的心情。他的內心仍被生死一線的經歷所震撼。他的腦海裡仍是充滿倒在地上的華叔的影像，以及葉炳雄那副蒼白陰鬱的臉孔。

「華叔……華叔現在怎麼了？」許友一鼓起勇氣問道。

胖子警員臉色一沉，良久，開口說：「華叔走了。子彈擊中動脈，失血過多，沒到醫院便去了。」

許友一感到一股反胃的感覺，那種不安的情緒彷彿要從喉頭湧出來。

——如果我沒有攔下葉炳雄，華叔便不會死。

——如果我沒有大意把視線移開，華叔便不會死。

——如果我及時送華叔到醫院，華叔便不會死。

——如果……如果不是種種巧合，我便會跟華叔一樣被殺死。

許友一感到天旋地轉。

——我當老散當了三十一年吶，明年便退休。

——當警察最緊要的，自然是保住自己的小命呀。

混亂的感覺充斥著全身，不安和疏離感慢慢滋生，許友一感到一陣暈眩。他覺得現實猶如一面沉重的高牆，正慢慢地倒塌，壓向自己。周遭的空氣變得如糨糊般黏稠，似要被空氣弄至窒息。

他不知道，他的內心，已留下深刻的烙印。

第二章

一小時後，我們來到元朗郊區的路上。元朗位於新界西北，雖然有發展得非常成熟的市區，但亦有不少保留鄉村風貌的地段。這兒沒有市區的高樓大廈，房子都頂多只有兩層，疏落地散布在狹窄的馬路兩旁。跟港島或九龍鬧市相比，這兒就像是另一個世界，完全沒有香港寸金寸土、地少人多的刻板形象。

我從車窗望出去，沿路看見零星的建築，有些裝潢得像歐洲式別墅，有些保留了香港古老的中式村屋風格，更有一些只用金屬板搭成的臨時房屋。這些房子，有些是住宅，有些是冷門行業的辦公室，有些是工廠。我們剛剛經過一個蘭花種植場、一間小型的塑膠廢料回收工廠、一所犬隻訓練所和一間寺廟。每次我到這些區域，我便會想什麼時候樹木會被砍光，然後土地被高聳的摩天大樓填滿。香港是個功利掛帥的社會，機械性的、功能性的發展永遠比自然的、守舊的更受重視，久而久之，我們都遺忘了這個城市的本來面貌。

在香港，無論是土地、建築、政策、還是居民，都被打造成相同的外貌，猶如倒模一樣，只講求效果和作用。土地不夠用，便把大海填平，把樹木砍掉，然後興建四十層的大廈。大廈附設購物商場，商場裡放一個美食廣場，讓各個大型連鎖餐廳進駐。居民如積木般嵌進這些四十層高的箱子裡，每天依靠鐵路往返市中心的商業區，出賣勞力和智慧。下班回家經過住宅樓下的商場，便到恆久不變的大型超級市場購買日用品。遇上假日，便到這些商場中的電影院看一齣戲，或是約朋友到戲院旁的卡拉OK唱三小時的流行曲。小孩子上學學習相同的知識，目標是擠進大學，而在大學裡無論學習什麼科目，目標也是成為下一批塞進那些四十層箱子的積木之一。

真是一成不變啊。

所以，我對選擇住在郊區的人有種莫名的親切感。我是個被現實束縛的傢伙，無法逃離這個刻板的社會，可是我由衷地羨慕打破這種宿命的人。呂慧梅選擇移居這兒，我想，她也是想逃離那個硬邦邦的格子般的環境，決心忘掉慘劇，重新開始人生。

阿沁放慢車速，探頭張望。我循著她的目光，看到一個寫著「清攸路」的路牌，她說：「找到了，這邊的路我也不熟。」

我們把車停在一個破舊的巴士站對面，沿著小徑往山上走。小徑兩旁都是斜坡，長滿高壯的樹木，對於生活在香港市區的人來說，這兒就像深山般陌生。走不了兩分鐘，我看到一片平地，有一幢兩層高的舊式平房坐落在矮樹之間。

「嗚……汪！」一陣低沉、從喉頭發出的吼叫傳來後，接下來是一連串急促的狗吠聲。兩頭差不多有半個人高的大狼狗，在鐵欄柵後怒目而視。還好欄柵夠高，不然牠們應該已經撲過來，噬住我和阿沁的手臂。

「阿寶！阿樂！Stop！Sit！」平房的大門打開，一個身穿藍色裙子的女人喝止了兩條大狗，經過庭園來到欄柵的閘門前。

「是呂女士嗎？」阿沁拿出名片，隔著欄柵說：「我是FOCUS的盧沁宜，早幾天跟妳約好……」

「我正在等妳呢。」呂慧梅淺淺一笑，打開大閘。這個女人便是呂秀蘭的姊姊嗎？我似乎對她的樣子有點印象，卻不大認得，也許曾在報告中看過她的照片。

她的樣子和妹妹不大相似，不過眉毛和妹妹有點像，而且她應該四十歲了，看樣子卻仍很年輕，光這一點便和呂秀蘭有夠像吧。

「這位是？」她看著我。

「他是許友一警長，是當年的案件調查成員之一。我邀請他一同接受訪問。」阿沁回答，我微微點頭。

呂慧梅似乎皺了一下眉，她大概沒想過有我這個不速之客。對案件受害人的家屬來說，警察也是勾起痛苦回憶的人物之一吧。不過她很快回復本來的微笑。

呂慧梅深深躬身，說：「謝謝您，我妹妹和妹夫泉下有知，也會感謝您替他們緝拿凶手。」

「不、不要客氣，只是分內事。」

「請兩位進來吧。」

我們走進房子，大廳的裝潢很優雅，即使外表老舊，室內卻和市區一般住宅沒大分別。事實上，這麼大的房子，在市區大概要花好幾十倍租金吧。客廳左面的牆上掛著幾個木製手工藝術品，右邊的架子則放了好些異國情調的裝飾物，像歐洲式的玻璃瓶、日本的木娃娃、稱為「菲律賓魔杖」的棍棒、不知道來自中亞還是中東的銀匕首、以及我看不出產地甚至用途的抽象擺設。呂慧梅似乎是個曾周遊列國、見多識廣的女士。

在放滿紀念品的架子旁，有一張書桌，桌上有一些散亂的紙張、文件、書本，以及一台白色的筆記簿電腦。我好奇地瞄了一眼那些書的書脊，似乎是一些工具書，有英法雙譯的字典、德漢雙解詞典、世界地圖、歐洲城市圖鑑之類。還有些我看不出來，因為上面寫著外文，我猜是西班牙語或葡萄牙語的書籍吧。

我和阿沁坐在沙發上，呂慧梅送來咖啡，再坐在我們的對面。今早醒來我只喝了一瓶礦泉水，這杯咖啡來得正好。

阿沁放好錄音筆，從手提包拿出一本筆記簿。「呂女士，這個訪問的目的主要是讓公眾知道林建笙事件後，相關人物都能重拾生活，如果訪問過程中有什麼地方令妳不快，請妳坦白告訴我。」

「都這麼多年，要放下的都放下了。」呂慧梅仍掛著微笑，喝了一口咖啡。

「許警長，當我們談到案子時，請你隨便插話，不用太拘謹，我之後會好好整理訪問內容。」我向她點點頭。

「先請呂女士自我介紹一下吧，」阿沁邊寫邊說：「呂女士是東成大廈命案死者的家人，亦是案件的發現者。事件發生後，妳的生活有什麼改變呢？」

「我本來住在東成大廈七樓，當年租住那個寓所也是為了跟妹妹一家人互相照應。案件發生後，我便搬出東成大廈。我原先在一家美國旅遊雜誌社的香港分社工作，搬家後便辭職了，在家裡當翻譯，替一些出版社翻譯外文書籍和文章之類。」

我沒猜錯，書桌上的果然是外語詞典。阿沁的筆桿不住搖動，左手偶然撥弄耳邊的頭髮，專注地筆錄呂慧梅的說話。

「那件案子令妳辭職嗎？」我問道。

「不，」呂慧梅笑著搖頭，說：「我辭職和搬到這兒跟案件無關，是另外一些理由。如果您以為我因為事件而失去對人的信心，躲在郊區一角便錯了。這兒雖然偏僻一點，但空氣好，也十分清靜，對城市人來說環境簡直無可挑剔吧？」

「這個也是。」我點點頭。

「林建笙在逃亡時令多人死亡，後來死傷者的親屬告上法庭，以民事途徑向林建笙的家人追討賠償，我知道呂女士妳並沒有加入他們，是什麼原因？」

「我覺得，凶手所帶來的苦痛已經夠多了。如果不能及早放下，只會被噩夢纏繞。而且，林建笙所做的事情都是他一人的罪行，追討賠償，不是會把他的家人拖下水嗎？凶手已經折磨了很多人，我不想反過來去折磨與事件無關的人。」

「那麼說，妳反對向凶手索償？」

「不，」呂慧梅認真地說：「我認為法律賦予市民追究的權利，這是他們應得的，我不反對。這只是我個人的選擇，當時我希望遠離事件，這樣才可以早一天回復本來的生活。」

阿沁點點頭，再說：「事件發生後，有議員提出加強出獄犯人的監管，林建笙是個慣犯，有多次的傷人紀錄，所以不少人認為如果政府加強釋囚的管理，林建笙事件便不會發生。妳認同這說法嗎？」

呂慧梅苦笑一下。「這不過是事後孔明罷了。因為一個獨立事件便引伸至整個情況，任何人也知道是多麼的無稽。與其加強釋囚的管理，不如加強犯人的心理輔導，確保他們出獄後能融入社會吧。」

我覺得這個呂慧梅很不簡單。雖然事隔多年，但一般人提起這樣的慘劇，也會遲疑一下，尤其是親眼目睹家人遇害。不過，說不定她現在侃侃而談，當年也一樣哭過恨過，只是時間磨光了她的怨懟，有某些事情令她堅強起來。

阿沁圍繞呂慧梅的生活、對政府的意見、受害人的想法等話題打轉，偶然也問我的意見，但我對這些項目沒有什麼好說，只好回答一些公式答案。

「汪汪！」屋外突然傳來吠聲，可是不像我之前聽到的那種敵對的聲音，倒像是愉快的吼叫。

「媽，我回來了！」大門打開，一個背著背包的小女生走進玄關。這個女孩子紮了馬尾，穿著一襲白色連身裙，看來大約十歲，是個小學生。她看到我跟阿沁，很有禮貌的點點頭，向我們打招呼。

「小安，媽今天有客人，妳回房間吧。午餐我們叫外賣披薩好了。」呂慧梅對那個叫小安的女孩說。

「好耶！午餐吃披薩！」小安露出燦爛的笑容，走上樓梯往二樓去。

「她每星期天上芭蕾舞課。」呂慧梅跟我們說。

「呂女士，原來妳有女兒嗎？」阿沁問道。

呂慧梅點頭微笑，說：「是……是的。」

「那不是妳的親生女兒吧，」我插嘴說：「她是鄭詠安，妳的外甥女。」

「不愧是刑警先生呢，一眼便看穿了。」呂慧梅尷尬地笑著說：「她是我妹妹的女兒，秀蘭死後，我便收養她了。」

「她不是叫妳『阿姨』而是『媽』？」我問。

「妹妹和妹夫死時，小安只有四歲，整天嚷著要找媽媽，於是我扮成她媽媽的樣子，她才安靜下來。後來她習慣了叫我『媽』，我也覺得無所謂了。」

「她今天還以為妳是媽媽嗎？」阿沁訝異地問。

「怎可能啊！」呂慧梅爽快地笑出來。「雖然人人也說我跟秀蘭外表相像，小孩子很敏銳的，她早就已經知道她父母不在了，只是我一直擔任母親的角色，帶她去學校面試，參加家長會，我和她的母親沒什麼分別吧。」

原來如此，我明白呂慧梅辭職和搬家的理由了。她是為了照顧外甥女。也許這也是她堅強起來的原因，畢竟她肩負起照料小安的責任。說起來，小安的樣子還有幾分像呂慧梅，尤其是那雙眼睛，外人把她們當成母女也不足為奇。不過，呂慧梅說她跟妹妹的外表相像？我覺得有不少的差距吧。我依然記得呂秀蘭死亡時那副豔麗詭異的臉孔。

「那天……」雖然說對方不介意，提起當天的事情仍有點令我難以啟齒，「案發當天，呂女士跟小安一起發現凶案，有沒有令小安蒙上陰影？這些打擊對小孩子不一定有即時影響，搞不好在青春期那些可怕的回憶會一一浮現……」

我聽過醫生說，小孩遇上這種事件，患上 PTSD 的可能性極大，影響可以很深遠。

「小安沒見過那情形。」呂慧梅搖搖頭。

「沒有？我記得當年的報告說妳早上帶著小安從七樓的家回到鄭宅揭發凶案……」

「不，只有我一個人回去。」呂慧梅說：「秀蘭自小便十分任性善妒，我不知道她跟妹夫會不會還在吵架，所以獨個兒去看看，打算確認他們夫婦消了氣才讓小安回去拿書包和校服上幼稚園。那時小安還在我家睡得很熟，她沒看到那……可怕的景象。」

「幸好妳想得周全……」阿沁話到一半便打住，看來她發覺這才不是什麼「幸好」的事情吧。

「沒關係，」呂慧梅擺擺手，說：「我也是這麼想。如果小安看到那情形，恐怕會讓她走不出那噩夢，沒法像現在這樣健康地成長。我的童年很糟，我明白小孩子的成長時期很重要，所以我想盡力保護小安。」

「妳那時已經很疼小安吧。」我特意岔開話題。

「對呢，那時候我也經常照顧小安。我想我這個阿姨滿稱職的。」呂慧梅幸福地笑著。「所以那個人來到妹夫家吵鬧時，我想也沒想便帶小安回家了，萬一他們夫婦之後打起來，也不會傷到小安。」

「他們曾經打起來嗎？」阿沁插嘴問道。我已經把話題帶開了，阿沁卻拉回來——也許刺人家的痛處是記者的習慣？

「嗯……偶然罷了，其實都是秀蘭發脾氣，妹夫倒不會還手。」呂慧梅苦笑一下。「不過，我不會怪責秀蘭。假如我是秀蘭，知道丈夫在外面惹了一身風流債，還可能弄大了情婦的肚子，我也會發飆吧。」

「鄭元達有私生子？」我稍稍吃驚，問道。

「不，我只是說『可能』。」呂慧梅答。

「那個人……林建笙在門外擾攘時，應該嚇怕你們吧。」阿沁說。

「對，其實秀蘭一早已懷疑丈夫有外遇，只是沒料到對方是有夫之婦，那個老公又是這樣的一個危險人物。當隔壁的胡老先生走出去跟他理論時，我擔心胡老先生會被他毆打呢。」

「什麼？妳說鄰居曾阻止林建笙吵罵？」我又發現一項報告沒提到的細節。

「是啊，胡老先生雖然老邁，但仍很大火氣，罵人的話很嗆又不怕死。林建笙大吵大罵，胡老先生看不過眼，走出走廊說他騷擾居民，再不走便報警。聽胡老先生說，林建笙舉起右手作勢要打他，胡老先生不但不怕，更伸長脖子讓對方揍下去，罵著對方敢打下去便報警，林建笙憤然收手，多罵幾句便離開了。」

這有點不妥。那股不協調感隨著呂慧梅的話再一次在我的思海中躍動——縱使我沒法弄清楚什麼地方不妥當。

「盧小姐，」呂慧梅突然說：「關於小安的事情，我希望妳不要寫得太詳細，可以的話最好連名字也不提。我不想她在學校的生活受影響，妳明白，小孩子的心靈是很纖細的。」

阿沁面有難色，但仍回答道：「好的，我明白了。我只會提及妳收養了外甥女，但不會詳細說明。」

「謝謝妳。麻煩妳也別提及我們住在元朗，我怕那些長舌的家長會猜到小安的身分。」呂慧梅向阿沁鞠躬。看樣子對呂慧梅來說，小安比什麼都重要。

我們之後再談及一些針對治安的話題，還有對政府對刑事案件受害者的遺孤有沒有足夠支援的看法。

「呂女士，今天的訪問也差不多了，謝謝妳抽空跟我見面，也謝謝許警長的幫忙。最後我想問問兩位，你們對林建笙這個人有什麼感想。」

呂慧梅望望窗外，再回頭說：「林建笙雖然幹了好些可怕的事情，傷害了很多人，我不會說我原諒他，但我想，他的所作所為給社會帶來警惕，讓我們知道幸福的可貴。」

阿沁和呂慧梅望向我，我卻一時語塞。我索盡枯腸，只能說出老套的台詞：「香港警方會全力打擊罪惡，所有市民應該引以為鑑，別跟林建笙走上同一條路。」

阿沁的嘴角微微上揚，看來她看穿了我正氣凜然背後的窘態。她從手提包拿出小巧的數位相機，說：「我想為兩位拍幾幅照片，選一兩張刊登在專題報導裡，可以嗎？」

我點點頭，但呂慧梅說：「我不想刊出我的樣子。」

阿沁楞了楞，她大概沒想到呂慧梅會提出反對。

「這個……只拍側面可以嗎？」阿沁不死心，畢竟缺乏照片的報導對讀者的吸引力大減。

「還是不太好吧。」呂慧梅斬釘截鐵地說，似是沒有轉圜餘地。

她們二人你一言我一語，最後達到共識，便是我跟呂慧梅面對面坐著，照片會拍到我的正面以及呂慧梅的背影。沒想過我突然由配角升級當主角了。

「好，請你們保持這個樣子……」阿沁舉著相機，站在大廳的一角，說道。

我挺直腰板，裝出一個僵硬的笑容，希望照片出來不會太滑稽。可是我撐這個彆扭的笑容撐了快半分鐘，阿沁仍沒有按下快門，只是不斷地按著相機上的按鈕。

「還沒好嗎？」我問。

「呃，不好意思，我有點搞不懂……」阿沁狼狽按著相機，說：「這相機是新買的水貨，介面都是日文的，我似乎按錯了模式……」

「讓我看看。」呂慧梅站起身，走到阿沁身旁，看著相機上的螢光幕，伸手按動按鈕。「妳要選自動模式還是人像模式？這個『ポートレート（POTORETO）』就是人像模式。照片要在雜誌上刊登，解析度選最高吧，偏色可以 PS 一下，反正換成 CMYK 四色印刷照片也會失去原來色調，但如果圖片沒有 300dpi 以上美編會難以處理……」

「啊，勞煩妳了！謝謝！」阿沁說。「呂女士妳連日文都懂？」

「只是一點點而已。」呂慧梅笑道。

拍過照片，我們跟呂慧梅說幾句客套話後，離開了房子。阿沁突然想起某件事似的，在庭園回頭跟呂慧梅說：「呂女士，請問有沒有妳和妳妹妹一家的照片？可否讓我們刊登？如果妳不願意出鏡，我可以把妳和小安的樣子作處理模糊掉的。」

呂慧梅稍稍皺眉，說：「很抱歉，不是我不願意，只是我真的沒有這樣的照片。搬家時相簿都遺失了。」

「這樣嗎，真可惜了。不過還是要謝謝妳。」阿沁的表情滿失望的。

我們沿著小徑回到阿沁的迷你，剛坐回駕駛座，阿沁便說：「許警長，今天真是麻煩你了。看來資料滿豐富的，這篇報導應該能順利交差。你現在要回西區警署嗎？還是你說有事要處理？我可以載你一程。」

我本來想跟阿沁說，叫她載我到醫院，可是我的頭突然痛起來，剛才對話中的不協調感又一次展現眼前。不同的是，這一次我漸漸看清楚問題的所在。

「剛才呂慧梅說鄰居胡老先生曾跟林建笙理論？」我問。

「是啊。」阿沁似乎被我突如其來的一問弄糊塗。

「林建笙沒有對付胡老先生。為什麼？」

「『為什麼』？什麼『為什麼』啊？」

「林建笙為什麼沒有立即刺胡老先生兩刀？」

「許警長你的話很恐怖耶！」阿沁一臉奇怪地說。

「我的意思是，既然林建笙是一個有嚴重暴力傾向的慣犯，被一個老先生當面奚落，他應該會發狂吧？尤其那時候他罵鄭元達罵得正兇，他沉不住氣拿刀刺胡老先生很正常啊。」

「他的仇人是鄭元達，又不是胡老先生，他沒理由去傷害對方吧。」

「可是這傢伙在西區逃跑時，卻害死了無辜的路人。那時候他連一點惻隱之心也沒有，」我把文件夾的剪報拿出來，「目擊者李先生說，他看到小孩子被撞，也沒有減速。」

「或許他殺了人後，開始覺得人命不可貴吧？」阿沁側著頭說。

「不，我想理由更簡單，」我盯著阿沁雙眼，「林建笙沒有拔出刀子，狠刺挑釁他的胡老先生，是因為那時候他身上沒有刀。」

「哦……？就算這麼說，也跟案情沒有關係喔，林建笙離開後忿忿不平，半夜帶著刀子爬水管闖進鄭宅尋仇殺人，不是很合理嗎？」

「這看來很合理，當中卻有一個大漏洞。」我對於釐清了想法感到興奮，說：「本來我打算請妳載我到醫院的，但現在我想繼續調查。」

「醫院？你身體不舒服嗎？」阿沁詫異地說。

不好，我說溜了嘴。

「只……只是些小問題罷了。」我支吾以對。

「哎！我今早看見你臉色已不大好，你又說頭痛要吃藥，我還勉強你來接受採訪，我真是個笨蛋！讓我載你去醫院，這兒最近的是博愛醫院……」阿沁邊說邊扭車匙。

「不，只是舊患，偶然發作罷，趁我現在想清楚事情，我想盡快調查。」

「什麼盡快啊？這案子六年前已經結案，也不差這麼一點時間嘛！」

「對妳來說是六年前，對我來說是上星期啊！」

阿沁瞪大眼睛看著我，只怪我衝口而出把原因說了出來。

我深深吸了一口氣，把早上在車上醒過來，發覺街道的變化，在警署發現失去了六年的記憶的經過一一說出。

「這是很嚴重的失憶症啊！」阿沁大嚷：「難怪你今早怪怪的，原來你忘記了案件的後半部。」

「就是這個原因。」我嘆一口氣。「我不是要證明林建笙無辜，只是覺得案子裡有一些疑點沒弄清，隨便結案是不負責任的做法。我的醫生曾跟我說，PTSD可能導致短期的失憶，或者這個『短期』不是指失去多少時間的記憶，而是維持失憶這狀態的時期。我病發至今只不過三小時，或許不一會便復元了。」

「PTSD？你曾遇過什麼重大的打擊嗎？」

「這個……還是別提了。」我隱瞞不說。「總之，我想打鐵趁熱，去調查一下林建笙這個人。」

「人也死了，如何調查啊？」

「他的妻子李靜如還活著吧？」

阿沁翻開記事簿，說：「的確，她現在在旺角一間小吃店工作。」

「妳有李靜如的資料？」

「為了這報導我做了好些資料蒐集嘛。」她得意地笑著說：「我還查到她沒再婚，現在打工的小吃店是朋友開的。死傷者索賠後，她已經一貧如洗了。我可以帶你去找她，不過，你得讓我隨行採訪。」

本來我想拒絕，但一想到我沒有這六年來的記憶，而她對這案件的後續比我更清楚，我得讓她當我的指路燈。

「好吧，不過接下來的便是警務工作，妳得聽從我的指示。」

「沒問題！許警長！」阿沁把手放額上，作勢向我敬禮。

半小時後，我們來到旺角鬧市。從新界的郊區回到九龍的核心地帶，就像突然從抒情的古典鋼琴曲轉變成重金屬搖滾音樂，有點叫人難以適應，也更難叫人相信兩者也是香港這小城市的不同面貌。

旺角是個怪異的地點，她一方面擁有媲美台北西門町或東京原宿的年輕人潮流中心，另一方面她亦擁有香港數一數二「聲色犬馬、龍蛇混雜」的砵蘭街，滿布色情場所。近年因為大型商業購物中心朗豪坊[6]在此落成，附近租金大幅上漲，令不少「小本經營」的風月場所陸續遷離，想不到警方撲滅不熄的罪惡之都，竟然被地產商削掉一半勢力，真是諷刺。

因為區內缺乏規劃，交通頻繁，旺角展現出自由市場所能帶來的繁華，也帶來全港最嚴重的空氣汙染。旺角的人口密度是世界之最，每平方公里達十三萬人，空氣中的懸浮粒子超標兩倍，還有霓虹燈造成的光汙染、露天市集帶來的噪音問題等等，對不少外國人來說，能在這區泰然生活的市民相當不可思議。

下午一時是午飯時間，加上星期日，旺角街頭車水馬龍，人車爭路，阿沁好不容易才在山東街找到一個停車位。

「李靜如工作的店子在砵蘭街。」剛下車，阿沁便說。

「是在朗豪坊附近嗎？」我問。

「不，是近油麻地碧街那一邊。」油麻地在旺角南面，算是個較舊式的社區。

「你打算問李靜如什麼？」阿沁邊走邊問。

「不知道。」我聳聳肩。

「不知道？」阿沁站住，意外地看著我。

「不知道，」我說：「我又不是記者，不會擬好問題。調查的目的不一定是找答案，更多時候是為了找問題。」

「哦，」阿沁和我並肩而行，說：「你總有一點想法吧？」

「待會妳別作聲，在旁邊觀看就好。還有，別把自己是記者的身分說出來，她以為妳是警察的話，便由著她。一般市民不會對記者說真話。」

「那對警察便會說實話嗎？」阿沁嘛嘛嘴。

「如果是心有鬼的，也不會說。」我不懷好意地笑了笑。「可是我自然有方法讓對方說實話。」

我們來到一家沒有座位的小吃店，賣的是熱狗、炸魚蛋、煎釀三寶之類的小吃。這家店子在兩家快餐店中間，顯得特別寒酸。也許是地緣關係，這幾家餐廳不如彌敦道和西洋菜街那邊擁擠，我想砵蘭街還是黃昏後才會真正熱鬧起來。小吃店只有一個顧客，他拿著一串魚蛋離開後，我和阿沁便走進去。

「先生小姐要些什麼？」一個衣著樸陋、容顏憔悴的女人站在櫃台後，以平

6 朗豪坊（Langham Place）：設計仿傚日本東京六本木山的大型商業購物中心，於二〇〇四年啟用，由購物商場、商業辦公室大樓及五星級飯店組成，是旺角的著名地標建築。

板沒感情的聲線問道。

「請問李靜如小姐在嗎？」我把警員證放在她面前。

女人怔了一怔，表情變得很複雜，慢慢地說：「我……我就是。這位警察先生，請問有什麼事？」

雖然店子裡只有她一人，但我沒想過她便是林建笙的妻子。按年歲計算，她今年也不過三十三、四罷了，可是她的皮膚和樣貌卻像個四五十歲的老女人。

「我來是為了查問有關林建笙的事情。」我斬釘截鐵地說。

「這麼多年了，該說的早說完哪！你還想我說什麼啊？我現在已夠倒楣了，你們幾時才肯放過我？建笙人也死了，我房子也沒了，錢也賠了，因為我是林建笙的老婆，結果工作也丟了，現在只能在這種小店打工，一天工作十六小時只掙得幾千塊，你還想我說什麼？」李靜如顫聲說道，像是為了壓抑怒氣。

「少廢話，妳是林建笙的妻子，所以妳有義務回答我的問題。」我把頭湊近，盯著她雙眼道。

「你……」李靜如咬牙切齒，似是無處發洩情緒。她雙手放在桌上，不住顫抖，無名指上的銀戒指敲打著檯面，發出卡嗒卡嗒的聲音。

阿沁拉拉我的衣袖，像是叫我別逼得太緊，我向她打手勢，示意她別插手。

「李靜如小姐，」我保持著平穩的語氣，說：「對妳來說，林建笙犯下的事情是無妄之災，因為他個人的決定，連累妳陷入今天的環境。可是，妳別忘記，當年是因為妳搭上鄭元達，才引起一連串事件。妳的一個錯誤決定，導致了今天的結果。即使妳不用為林建笙的罪行負責，妳也得為妳自己負責。妳再不高興再不滿意，也要面對已成事實的過去。」

李靜如像是洩了氣，眼眶泛紅。

「好吧，你問吧。你是不是想問我建笙在事發前幾天有沒有什麼異樣？或者他有什麼藏匿的地點？六年前你們都不斷問這個……」

「不，我想問妳，妳覺得林建笙是個怎樣的人。」

「咦？」李靜如詫異地看著我。「怎樣的人？」

「就是妳覺得他性格如何，為人如何之類。」

李靜如似乎沒想過警察會問這個問題，一臉狐疑。

「建笙他……脾氣暴躁囉。那好幾年他常常惹事，一點事情便動手打人，坐牢像家常便飯，每次判個兩三個月的。因為這原因他找不到長工，只能到工地打散工，還好他死去的老爸留了個小房子給他，否則他和我只能睡天橋底。」

「你們怎認識的？」

「我十六歲時離家出走，在朋友介紹下認識的。不久我們便同居，我二十歲時便跟他結婚。剛結婚時還好，不過他每次打工總是不長，他老爸的遺產又吃得七七八八，我便去酒吧打工。就是那時開始吧，他愈來愈暴躁，我們之間的爭吵也一次比一次嚴重。我二十一歲那年他第一次因為傷人入獄，我們的關係便愈來愈差了。」李靜如的語氣漸漸平靜下來。

又是典型的故事。對男人來說，在妻子面前抬不起頭是最難堪的事情。林建笙的收入一定不及李靜如，妻子賺得比他多，他這種大男人一定接受不來，只能借暴力掩飾內心的不安。

「妳那時便結識了鄭元達？」

「不，鄭元達是我二十六歲時的事了。」李靜如說：「鄭元達之前我也有幾個情人，建笙每次知道後也大吵大鬧，也試過向他們報復，其中一次更打斷了對方兩條肋骨，令他再次因為傷人罪入獄。真是個大爛人。」

「話雖如此，妳今天仍記掛著林建笙。」

「什麼？」李靜如愕然地看著我，就連我身旁的阿沁也微微發出呼聲。

「妳今天仍戴著結婚戒指。」我指了指她的左手無名指上那枚簡陋的銀戒指。

李靜如臉上一陣紅一陣白，沒說半句話。

「林建笙怎麼知道妳跟鄭元達的關係？」

「他看我的手機簡訊。我一向很小心，看完鄭元達的簡訊都會刪去，可是出事前一天我忘了帶手機，而恰巧鄭元達寄簡訊約我……那個，於是露餡了。」

「他應該暴跳如雷吧。」

「他……那時憤怒得要殺人的樣子。」李靜如囁嚅道。

「他有傷害妳？」

「沒有，就算罵得再凶，他從來沒打過我。」李靜如忽然堅決地說。「建笙他不打女人的。」

我感到心頭一震。

「他如何找到鄭元達的住址的？」

「我在手機裡有記下他的地址，他曾趁著太太和女兒不在，邀我到他的家……」

難怪林建笙這麼火大，因為反過來想，搞不好自己的老婆也「禮尚往來」，讓鄭元達到自己的家裡幽會過。

「其實我那時跟鄭元達不是認真的……」李靜如幽幽的說：「鄭元達好像除了我之外，還有其他女人，我也沒想過當他的情婦，大家只是各取所需吧……」

這個鄭元達其貌不揚卻風流成性，或許他對女性有一套手段，把她們治得貼貼服服。

「妳……有沒有替鄭元達生過孩子？」不知道為什麼，我突然想起呂慧梅的猜測。

「當然沒有！」李靜如斬釘截鐵的說道。「有家室的人才不會這麼大意，鄭元達不會笨得留下這種麻煩。」

「林建笙有什麼朋友？」我改變話題。

「他年輕有錢時便有不少酒肉朋友，我們結婚後他好像孿孤僻，頂多只有跟拳館的朋友來往。」

「拳館？」

「在油麻地的青龍拳館，不知道是打詠春還是洪拳的。他曾在那兒學拳，但後來沒學了，卻仍跟那兒的人保持聯絡。」

學過功夫的暴躁男人，難怪常常坐牢。

「妳有沒有聽過他提起那兒的朋友？有沒有哪一個特別相熟？」

「我只記得一個叫『阿閻』的名字，他提得較多。不過我沒見過那個人。」

「全名是什麼？」我掏出口袋中的記事本，寫下拳館的名字和人名。

「不知道。」

我抓抓頭，沒有全名比較難追查下去，但聊勝於無。

「林建笙有沒有仇人？」我問。

「如果被他打過的人都計算在內的話，太多了。」李靜如無奈地回答。

「除了妳的情人外，他通常是為了什麼事打人？」

「通常都是雞毛蒜皮的小事，例如工作上被奚落、工頭對他呼喝之類。」

「那他除此之外有沒有得罪了什麼人？」

「這很難說，但我覺得沒有。」

我靜默了一陣子，思考著每一個可能。

「大致上我想問的都問過了。」我對李靜如說：「妳剛才說的那間拳館在哪兒？」

李靜如沒法說明地址，不過她畫了幅地圖——青龍拳館就在三個路口外。

正當我向阿沁示意離開時，李靜如從後叫住我：「警察先生。」

「怎麼了？」

「這個……請等我一下。」李靜如走進櫃台後的休息室，一陣子後回來，手上拿著一本褐色封面的記事簿。「這是建笙的記事簿，他失蹤那天沒帶在身，我……我想它對你有用。」

我接過記事簿，打開一看，日期還是二〇〇三年。在不同的日期旁邊寫著工作的資料，也有約朋友會面的時間。我點點頭，收下記事簿，離開小吃店。

「她不敢說出來。」在路上，我對阿沁說。

「不敢說什麼？」她似乎對我剛才的調查感到不解。

「她不敢說『我相信我丈夫沒有殺人』。」

「什麼？林建笙在眾目睽睽下撞死了七個人啊！」

「即便如此，她仍然相信他沒有殺死鄭氏夫婦。西區的車禍，她可能認為是意外。」

「你怎麼知道？」

「因為她察覺到我的問題背後的意義，最後還給了我林建笙的記事簿。」我把那本破舊的記事簿拿出來。「她果然對丈夫餘情未了，這麼多年還帶著他的遺物。」

「你認為林建笙無辜？」阿沁的聲調提高了八度。

「不，我只是覺得當中有疑點。」我緩緩地說：「林建笙無辜的可能，大概只有百分之二十吧。相比起他是無辜的可能，我比較在意的是他有沒有共犯。」

「共犯？」

「妳記得我在車上說過林建笙沒用刀刺胡老先生很奇怪吧。」

「你說他當時身上沒有刀子嘛。這又跟共犯有什麼關係？」

「如果林建笙一心殺掉鄭元達，他衝動地拿起刀子去東成大廈是合理的。可是，如果林建笙一如我們所知般暴戾成性，他不會被一個老頭威脅說報警而住手，他有刀子，一定遷怒面前的囂張老頭，即使不刺下去，也會拔出刀子恐嚇對方。可是他沒有這樣做，我只能推斷他當時沒有刀子，換言之他是離開東成大廈後，再去買或拿刀子，之後待半夜攀外牆到三樓殺人。這是有預謀有計畫的殺人事件。我們判斷林建笙是凶手，全因為在現場找到他的指紋和腳印，可是這麼一來，就有個奇怪的地方——既然是有預謀殺人，犯人會笨得不戴上手套，留下一堆指紋？他既然有時間去準備刀子，也應該有時間去準備手套吧？」

「也許他沒想到呢？」

「對，這也有可能，所以我說他無辜的機率只有百分之二十。我猜的情形是，林建笙被胡老先生罵走後，跟朋友會合，言談間說起這事，他的朋友慫恿他去教訓鄭元達，提出利用爬外牆水管的方法半夜潛入鄭宅。這個朋友戴上手套先爬進室內，卻因為某種原因殺死了在臥房中熟睡的鄭氏夫婦，隨後而至的林建笙沒料到這一幕，知道自己脫不了嫌疑，於是慌忙逃走。林建笙沒機會向任何人提起這件事便撞車死去，所以如果真的有共犯的話，那傢伙至今仍逍遙法外。」

「這……未免想得太戲劇化吧？」

「我說過這只是猜想而已。」我攤攤手。「不過當中最令我感到奇怪的是，林建笙為什麼要殺死鄭元達夫婦，還要用這麼殘忍的方法對付孕婦。剛才李靜如也說，鄭元達不是她第一個情人，林建笙也曾毆打過那些男人，為什麼林建笙這一次要用刀子下殺手？我總覺得有點不合情理。」

「那麼說，你懷疑那個什麼『阿閻』？」

「我不知道，所以才值得調查。」我翻開林建笙的記事簿，查看三月的日程。三月初的某幾天記錄著「開工：寶馬山工地」、「開工：北角碼頭工地」，可是在三月十一日以後的「開工」寫得十分潦草，變得歪歪斜斜。唯一不同的是三月十六日本來整齊的寫著「光明桌球室[7]：阿閻」，卻被原子筆劃掉。在三月十七日——即是林建笙到東成大廈犯案的同一天——同樣以歪曲的字體寫著「阿閻」。

看到「阿閻」這名字，令我有種不可思議的感覺，彷彿找到事件的關鍵。這

7 桌球：即英式撞球。

種不理性的判斷也許就是刑警的直覺。

「對了，」阿沁突然笑著說：「剛才你對李靜如的態度令我嚇一跳呢，今早你還是一副好好先生的樣子，想不到你對著一個潦倒的女人說得這麼狠。『少廢話，妳是林建笙的妻子，所以妳有義務回答我的問題』，就像電影裡的惡警似的。」

「刑警盤問不合作的證人時，最簡單的做法是放狠話，讓對方知道鬥不過自己，只能言聽計從。」我邊走邊說：「這一招通常很有效，對方投降便會從實招來。」

「如果對方還是不合作呢？」

「這個，」我握起拳頭，「還有這個。」我掀開夾克，拍了拍腰間的手槍。

阿沁吐吐舌頭。她大概以為警察都會講道理，其實對付小混混，用拳頭方便得多了。

我的思緒回到記事簿中的那個名字。

「阿閻」……

我的腦海裡再次出現「既視感」。

就像似曾相識。

片段二

二〇〇三年六月三十日

大部分病人第一次見白芳華醫生時，都會感到訝異。白醫生不是個容貌醜陋的大嬸，亦不是有什麼三頭六臂，她只是一位正常的五十三歲女士，態度親切溫文，不過她擁有一頭紅色的頭髮、一雙碧藍色的眼珠、一個中國化的名字以及一口流利的廣東話。

白醫生原名 Flora Brown，她在英國出生，因為父親被派到香港殖民地政府擔任公職，她三歲時便跟家人一起從位於英國東南面的老家移居到這個位於亞洲東南面的小城市。她在香港長大，自小習慣這個華洋雜處、中西合璧的環境，所以她十八歲離開香港，在英國修畢精神科醫學博士學位後，還是回到香港這個第二故鄉，開展她的事業。

白醫生很喜歡自己的中文名字。雖然香港人習慣按照音譯，替英國人姓氏配上中式的單姓，將「棕色 Brown」譯作「白」令她覺得有點可笑，但她對名字「芳華」有說不出的滿意。「Flora」來自拉丁語「flos」，意思是花朵，「Flora」更是羅馬神祇中花之女神的名字；而她的中文名字不但在粵音上接近，連意義上也如出一轍——「芳香的花」。她很喜歡跟歐美的朋友說明這個中文名字的由來，甚至唸上像「爽塏三秦地，芳華二月初」這些她不太懂意思的古老詩句。「白色的香花」，比起「弗羅娜．布朗」有詩意得多了。

巧合的是，她的丈夫是位華人，就是姓「白」。二人相識時以名字聊了不少話題，結果撮合了一段姻緣。白醫生常打趣說她婚後其實有冠上夫姓，只是沒有人察覺。

白醫生在香港回歸中國後，仍沒有離開。她繼續在自己的診所工作，亦在公立的精神康復中心任職，為香港的市民服務。她沒想過退休，即使年過五十，她仍關心每一個來求診的病人。在華人的社會，心理和精神疾病往往被忽略，白醫生希望讓更多人了解種種精神疾病的細節。香港是個節奏急促的社會，在這個高密度、高壓力的環境下，心理疾病可以造成很大的傷害。白醫生不認為自己一個人可以改變什麼，但她知道，再微小的力量還是有其作用，對一個病態的社會來說，減少一個病人效果並不顯著，但對那位康復的病人而言，獲得重生的價值是無法估量的。

「許先生，下星期同樣的時段，即是星期一下午三點至三點五十分，沒有問題吧？」

「沒問題，謝謝妳，白醫生。」

白醫生從容地微笑。這兒是西區精神科中心七樓的三號診療室，她每星期有兩天在此上班。病人離去後，她再一次審閱對方的病歷紀錄。

目睹親近的同僚被殺，在千鈞一髮之間制住悍匪，在死亡邊緣搏鬥一分鐘；調職後遇上十年難見的血腥凶案，在組裡又得不到比自己低階的同事的尊重，這樣的壓力和創傷，足以把一個正常人推往絕路。

「表面看進展不錯，但我有點懷疑實際上的康復程度。」白醫生在文件上寫下評估。「如果處理不好，很可能會變成長期病患，甚至隱藏到意識的底層。一旦遇上什麼外部刺激便會引致發病……保險起見，建議把療程延長半年至一年。」

白醫生放下筆桿，揉了揉被老花眼鏡壓得痠軟的鼻樑。

「他應該沒異議吧，反正是公務員，政府有醫療福利，他不用擔心治療費。警務工作壓力大，即使他康復，我仍覺得長期接受心理治療較好。」白醫生心想。

不少人覺得每星期接受一次心理治療是很嚴重的事情，更遑論為期一年，可是換個角度去想，每星期跟醫生交談五十分鐘至一小時，一年合起來也只是五十個鐘頭，一個人真的可以在兩天多一點的時間裡，充分了解、改變、治療另一個人的心理疾病嗎？一星期一次的治療，其實只是很基本的診治而已。

「叩叩。」兩聲敲門聲傳來。

「醫生，下一位病人已到了。」護士拿著文件，對白醫生說。

「哦？他早到了？請他進來吧。」白醫生瞥了檯頭的時鐘一眼。

相比起前一個病患，這案子才棘手。

病人叫閻志誠，二十一歲，是個特技演員，亦即是坊間稱為「替身」或「龍虎武師」的職業。雖然叫作「演員」，實際上沒有演出的機會，因為他們的工作只是代替主角演出危險的場面，從爆炸中的房子破窗而出，或是飾演被主角打飛、從十多公尺的高台掉下的混混，觀眾不會留意他們的存在，對這些真正賣命冒險的工作人員一無所知。

和之前的病人不同，閻志誠並不是主動求醫的。他只是被法律所限，不得不見白芳華醫生，每星期跟對方待上一個鐘頭。

兩個月前，閻志誠在街上跟人發生爭執，原因好像只是走路不小心撞到肩膀之類。可是當對方亮出警員證，表示自己是休班警員時，閻志誠不但沒有退縮，更一拳往對方的鼻子揍過去，將對方按倒地上，不斷痛毆。受害者被打掉三顆門牙，鼻樑縫了十二針，結果閻志誠被控襲警罪，給送上法庭。

然而，經過精神科醫生診斷後，閻志誠被判定為患有輕微的精神問題，加上有證人指出是肇事警員挑起事端，當時表明身分亦非執行職務，有濫用職權之嫌，律政司放棄檢控閻志誠，改為「不提證據起訴」。在香港，主控官[8]可以選擇這一

8 主控官：即台灣的檢察官。

種類似和解的手段跟被告達成協議，只要被告接受條件——多數是罰款和守行為，即是在一段時間內不再犯事便會撤銷所有犯事紀錄。閻志誠被法官判守行為一年，但附上額外的條件——他必須接受為期一年的精神科治療。

白醫生起初以為閻志誠是因為躁鬱症、暴力傾向或類似的疾病而被法院的醫生判定有精神障礙，可是她詳細閱讀過病人的心理報告和個人紀錄，才發覺未必是那回事。

閻志誠可能因為童年的精神創傷，令他的行為出現異常。

白醫生從閻志誠的個人資料中，知道他在十二歲時因為嚴重的交通意外失去家人，自此便要孤獨地面對這個嚴苛的成人世界。白醫生本來認為閻志誠的問題不大，至少他熬過那段日子，今天有一份工作，也有正常的社交生活。可是第一次見面後，她推翻了原來的想法。

閻志誠默不作聲，在診療室裡坐了一個小時。

在那節治療時段裡，閻志誠對白醫生的說話充耳不聞，唯一說過的話，便是「法官沒有規定我必須回答妳的問題吧？」。白醫生心想，法院的醫生有法院作後盾，所以閻志誠才會合作進行心理檢查。換到這所康復中心，閻志誠便回復本來的面貌。

白醫生目前跟閻志誠進行了三節的治療，每次他也默然地坐在椅上，跟白醫生對望。白醫生幾乎無法發現他的臉上有任何表情，平板、木然，就像雕刻一樣，猶如死物。白醫生試過以不同的態度提問，可是對方完全沒有反應，不論是善意還是惡意的回應。

容易發怒、暴力、憤世嫉俗、疏離、情感侷限……加上小時的創傷，差不多可以判斷成 PTSD 了。白醫生甚至有點懷疑，閻志誠當上特技演員是因為他有自毀傾向，面對極端的情況也不當作一回事。如果這是事實，那麼他的病況可說是相當嚴重。

一個有自毀傾向的憤世嫉俗青年，不單會危害自己的身體，更可能危及他人的性命。外國有部分研究針對 PTSD 和謀殺之間的關係，在個別案例中，患者會不自覺地殺害他人——只要患者認為理由合乎他們的常識，便會動手。這情形多數發生在軍人身上，像從越戰歸國的美國軍人，當中有不少人患上 PTSD，導致種種社會問題。可惜的是，在那個年代根本沒有「創傷後壓力心理障礙」這名詞，PTSD這名稱是在二十世紀八十年代才正式確立，在那之前，精神科醫生只是以傳統的方法去了解和治療這些「失常」的病人。

白醫生每次想到這裡，都感到不安。香港沒有越戰軍人問題，但閻志誠的工作經常面對打鬥、爆炸或生命危險，萬一他精神上的保險絲突然斷掉，難保他會做出像幾個月前西區的通緝犯瘋狂車禍。

「啪。」診療室的木門打開，壯碩沉默的閻志誠走進房間。

「閻先生，請坐。」白醫生把憂慮驅出腦海，微笑地對閻志誠說。

閻志誠一言不發，坐在白醫生面前的粉藍色沙發上。

白醫生預計，這一節的治療還是徒勞無功。可是她沒打算放棄，即使每星期對望一小時，她也希望能在一年之內獲得對方的一點回應。即使是再小的一步，也是不能替代的進步。

閻志誠直盯著白醫生，白醫生偶然提起一些話題，嘗試抓住閻志誠的注意。她曾聊過一些生活上的小事情，談過像音樂或電影這些無意義的話題，也打過擦邊球，談到閻志誠之前跟警員的衝突和個人資料上所寫的家庭背景。可是，閻志誠還是沒有露出半點打開話匣子的意圖。

談了五分鐘——是白醫生自己獨自說了五分鐘——她突然有一個小發現。

閻志誠今天並不是空手而來，手邊帶了一個小小的紙袋，袋中冒出一束小小的白菊花。

白醫生知道這不會是給自己的禮物，但她察覺到這花束對閻志誠有特別的意義。這束花似乎是拜祭用的——白醫生暗忖。這一刻，她對這發現感到無比的驚喜，因為這代表閻志誠並不是個無血無淚的機器人，他還有感情。

白醫生決定抓緊機會，嘗試突破閻志誠的心房。「白芳華」……白醫生期待這些白色小花為她帶來運氣。

「閻先生，你今天怎麼帶了束白色的花？是要送人嗎？」白醫生以從容的語氣問道。

閻志誠沒有回答，但白醫生沒有錯過對方眼神中閃過的一絲動搖。

「是要拜祭親人嗎？」白醫生再說。

閻志誠沒有回應。

「是對你很重要的人吧？」白醫生稍稍傾前身子，讓閻志誠感到她的誠意。

閻志誠突然微微點點頭。

縱使是如此微小的動作，白醫生也差點感動得掉下眼淚。這是一個缺口！

「是親人嗎？還是朋友？」白醫生問。

「……是朋友。」這是閻志誠四個星期以來第二句說話。

「是很要好的朋友吧？」白醫生親切地微笑，說道。

「我不想談他的事。」閻志誠回答，語氣卻很柔和。

雖然閻志誠如此說，白醫生知道這不是事實。他是很想談及那位死去的朋友，所以才會開口，而這位朋友更是平日無人觸及的話題，所以即使是白醫生這位「敵人」，他也願意接上一兩句話。

不過，白醫生明白她不可以追問下去，否則只有反效果。

「昨天有朋友送我一包藍山咖啡，聽說很珍貴的，不如喝一杯？」白醫生起身往咖啡機走過去，抓起兩個杯子。她特意強調「朋友」兩個字，讓話題轉變得不太突兀，也令對方不致退回本來的高牆之後。

白醫生把沖泡好的咖啡遞給閻志誠。閻志誠望向咖啡杯，停頓數秒，伸手接過。

這是很好的進展——白醫生心裡微笑著。

二人緩緩地品嘗咖啡，白醫生還特意把視線別開，讓閻志誠有一個喘息的空間。喝過咖啡後，白醫生再次不著邊際的聊著不同的生活話題，和往日不同的，是閻志誠偶然會點頭回應。

「啊，今天的時間到了。」白醫生望向時鐘。「下星期同樣時間，即是星期一的四點至四點五十分，可以嘛？」

閻志誠微微點頭。

「下星期我們再喝咖啡。」白醫生笑著說。

閻志誠離開後，白醫生感到一份難以言喻的滿足感。

「這樣子，一年的療程至少可以減少他的一些症狀吧。」

白芳華醫生對閻志誠這個案子拾回一點自信，心想這可以在一些無可挽回的情況出現前，讓閻志誠回到人生的正常軌道上，再次融入社會當中。

可是，閻志誠不是這樣想。

——我已經做出了無可挽救的事情。

鼻子被揍一拳，假以時日，傷口會癒合復元。

但死人不會復活。

第三章

青龍拳館位於廟街與北海街交界附近。如果說砵蘭街「龍蛇混雜」，那廟街也是不相伯仲，街道兩旁的舊式大樓裡，一樣有好些妓女公寓、麻雀館、色情髮廊、廉價酒吧或按摩中心等等。然而，廟街除了這些「特殊行業」外，亦有很多普通的平民娛樂，有熱鬧的夜市、道地的廣東菜館、著名的港式涼茶，以及各式各樣的廉價商品，每晚吸引大批遊客光臨。「廟街」這名字，是由於街上有一座上百年歷史的天后廟，而廟街在十九世紀已記載在九龍的地圖上，從一九二〇年開始，已發展為一個庶民休閒、買賣的集中地，有「平民夜總會」的別稱。如果說廟街是黑道聚集、犯罪事件的黑點，倒不如說這些負面的印象出於街道熱鬧、平民化的副作用。或許廟街比附近街道多一些小混混、多幾間色情場所，但說到底，也有很多小市民在這兒安居樂業。

我和阿沁依著李靜如的指示，找到拳館所在之處。一如所料，大廈是老舊的中式大樓，看樣子怕有六十年以上的歷史，別說電梯，大樓連閘門也沒有。我在樓梯前看到一個小小的塑膠招牌，以綠底白字刻著「青龍拳館　正宗詠春　二樓」幾個字，旁邊還有「女子理髮」、「穴位推拿」等鋪滿灰塵的牌子。我們沿著昏暗的樓梯往上走，牆壁的塗漆都乾涸剝離，天花掛著亂成一團的電線，縱橫交錯地從大門延伸至樓上。

「許警長，你去哪兒？」當我打開通往二樓走廊的木門時，阿沁卻站在往三樓的階梯上，回頭問道。

「拳館在二樓嘛。」我回答道。

「不是三樓嗎？」

「剛才的招牌寫著二樓。」我往下指了指。

「我看到是寫著三樓啊。」

「明明就是二樓，阿沁妳看錯了吧。」

「不對，我們當記者的才不會弄錯這些細節。」

「那好吧，妳上三樓找，我在這兒找，」我沒好氣地笑了一笑，「反正妳一會兒便回來了。」

阿沁扠起腰，一副不認輸的樣子，走上往三樓的階梯。我打開沉厚的大門，往二樓的走廊走去——可是我循著二樓的走廊，從一端走到另一端，也沒看到像拳館的門面，只見一間占卦算命、一間看起來尚算正經的理髮店、兩間附帶色情服務的按摩女郎公寓、和幾個空置了的單位。

我看錯了嗎？想不到身為警察的我，竟然也犯這種錯誤。我搔搔頭，走上三樓，甫推開大門便看到拳館的招牌，名字下方有個向右的箭頭。

「別碰我！」右方忽然傳來阿沁的叫喊，像是遇上什麼麻煩。我連忙向那方向跑去，一轉角便看到一個十七八歲、染金髮的青年一臉輕佻下流，把阿沁逼往牆角。

「妳這婊子裝什麼矜持？看妳不是樓下的『骨妹』[9]便是樓上卡拉OK的伴唱吧？老子有的是錢，待會賞錢給妳花，現在摸一把便是便宜妳啦！」

「幹什麼！」我把青年喝住，他瞧見我走過去，卻退後。

「哦哦？是皮條嗎？我好心替你教馬子什麼是待客之道，你還……」說時遲那時快，青年突然推開阿沁，一個突刺步一拳往我胸口打過來。我想也沒想，以右手撥下，眼見左拳又至，便用左腕把拳頭攔下，往下一按把他雙手壓住，再衝前用身體緊貼對方把他撞到牆上，用右手扠住他的脖子，令他無法移動半步。

「媽、媽的……」青年被我箝制，喘著氣說：「你、你也吃過夜粥[10]……你是哪道上的？」

我鬆開右手，掏出警員證，以貼著他的鼻子的距離說：「你說我是哪道上的？」

青年看到警員證嚇得臉色發白，這時旁邊的大門打開，一個穿紅色運動服、大約二十來歲的男人探頭出來。

「搞什麼……咦？阿廣你又幹了什麼？這位長官，這臭小子犯了什麼事？」

他似乎看到我手上的警員證和被我制伏的青年。

「二師兄！我才沒有幹什麼啊！我只是跟這位小姐聊兩句，這條子便打我了！」

9 骨妹：按摩女郎的蔑稱，尤其指提供性服務的。

10 吃過夜粥：指學過功夫。據說以前香港練武的人都在下班後到武館學習，習慣練習後一同吃粥當宵夜，故得名。

那位「二師兄」二話不說，一巴掌往那個叫阿廣的青年的後腦勺摑過去。

「哎喲！二師兄！幹啥打我？」

「你這臭小子，看你被制伏的架式，便知道是你先出手吧！你這傢伙九成又演什麼日字衝拳，學了半點基本功便胡來！」二師兄罵道。他轉過頭，擠出笑容對我說：「這位長官，這小子闖了什麼禍？可否網開一面？」

「阿沁，剛才他對妳幹什麼？」我轉頭問道。

「他剛才問我價錢，又對我毛手毛腳……」阿沁雖然不大憤怒，但從她的表情中還看得出有點不快。

「就說你這小子總不學好，」啪的一聲，又是一記往後腦勺的巴掌，「非禮和襲警？長官，你帶他走好了。」

阿廣這時候才亮出驚慌的表情。看到他那像驚弓之鳥的目光，我便差點要嗤笑出來。果然是個欺善怕惡的小混混。

「阿沁，妳要不要告這混蛋？」我問。

「算了。我也不想太麻煩。」她說。

「小子，你今天走運。」我放開他，他往二師兄身後逃去，走進大門內。

「站住！」二師兄大喝一聲，「長官不跟你計較，不代表我放過你！牆角，四平大馬，一小時！」

「二師兄！這、這只是誤會啊！」阿廣似是在求饒。

「師傅和大師兄不在，這兒便由我管！不想做嘛？好，來跟我打一場吧。」

二師兄捲起衣袖。他的兩條手臂也刺上刺青，看來他也不是善類。

「你明知我不夠你打……」

「操你媽的！你是說如果你比我厲害的話便會教訓我嗎？牆角，四平馬，兩小時！」

「怎麼又加了一個鐘頭！」

「你再不去做便是三個小時。」

阿廣大概拗不過他的師兄，只好乖乖的站在牆角，站好四平大馬，一臉不情不願的樣子。

「警察先生，這小子入門不過三個月，我答應過他老姊要看顧他，剛才有什麼得罪，請見諒。」

我點點頭，問：「這兒是青龍拳館嗎？」

「咦？是的。你們有事要找我們拳館嗎？請進來。」

二師兄招呼我們走進大門。大廳掛著好些匾額，又放了三個木人樁，這家拳館教的果然是詠春。我們坐在一張古舊但光潔的酸枝木椅上，正好對著正在坐馬的阿廣。

「我姓馮，是這家拳館的助教之一，大家都叫我『大力』。」「馮大力」坐在一旁，說：「梁師傅去了澳門，請問你是不是有事要找他呢？」

「不，我來是想向你們查一個人的資料。」我沒有轉彎抹角，問道：「請問你們拳館是不是有一位叫『阿閻』的成員？」

「阿閻？」大力摸著下巴說：「沒有啊。」

「沒有？他不一定是現在的成員，不知道六年前有沒有？」

「抱歉了，我加入這拳館只有五年，我只能說這五年來我也不知道拳館有一個叫阿閻的人。現在時候還早，晚上有人回來練拳，到時我可以問問，他們或許會知道得比較清楚。」

「是嗎……」我有點失望。

「喂，你們說的阿閻是不是師傅老掛在嘴邊的誠哥呀？」站在一旁的阿廣插嘴說。

「誠哥……？對啊！」大力拍一下手掌，「對，誠哥的全名是閻志誠，你說的也許是他？」

「這個閻志誠是什麼人？」我對於找到一點線索感到高興。

「其實我也不大清楚，我只從師傅和大師兄口中聽過他的名字。」大力說：「聽說他以前在我們拳館習武，年紀輕輕便拿過業餘比賽的冠軍，後來加入電影圈當特技演員和武師之類。師傅每次說起往事也會提起他，聽說他還偶然跟師傅聯絡。」

特技演員？那麼，攀外牆爬水管對他來說易如反掌吧？

「『閻』這個姓氏蠻罕見喔。我還以為那是名字或綽號。」阿沁對我說。

「也不是吧，我印象中這個姓氏雖不普通，也未算稱得上罕見……」我回過頭向大力問道：「他是六年前在這兒習拳的嗎？」

「唔……大概是吧，年分什麼的我不大清楚。師傅常常說『阿誠很勤力吶，每天都打那邊的木人樁打上兩三個鐘頭，就是這樣基本功才會好哪』……」大力指了指一旁的木人樁，卻又略有所思地收起手指。「不對，不是那個木人樁。我們去年搬了拳館，誠哥才沒可能在那邊鍛鍊過。」

「去年搬了？」

「從二樓遷到三樓，這個房子較大。別看我們好像很寒酸，我們收了近五十個弟子啊。」大力笑著說。我想，或許我剛才在樓下看到的是舊招牌。「梁師傅專收像阿廣這些血氣方剛、精力無處發洩的年輕人，只要磨鍊幾年，便能擺脫以往的陋習，重新做人。所以說，詠春拳的宗旨就是要心正，所謂心正拳正……」

「那個閻志誠……」我打斷他的話，問道：「你知不知道他住在哪兒？」

「好像是西環或上環附近，我記得數年前師傅說去探望誠哥，要過海。」

又是西區？東成大廈血案，林建笙車禍，現在連這個神秘人物閻志誠也跟西區有關。是巧合嗎？

「你有沒有他的聯絡方法？」我問。

大力聳聳肩，說：「我們之中恐怕只有師傅跟他有聯絡吧。早陣子師傅滿高興的，說阿誠終於有出頭天，在一部電影中擔任一個有對白的小角色，不用繼續做那些連樣子也看不到的替身。我記得說是賀氏電影公司，你可以去賀氏影城問問看。」

「你們師傅有沒有提起過林建笙這名字？」

大力錯愕地看著我們。「林建笙，是指五、六年前那樁凶殺案的那個林建笙嗎？」

「是的。」

「沒、沒有。」大力說：「我有親戚住在港島西營盤，和發生那凶案的大廈只有一街之隔，所以很記得那案子，如果師傅提過相關的名字我一定記得。誠哥和林建笙有什麼關係嗎？」

「不，我只是想起所以問問罷了。」我嘴上這麼說，卻很清楚這話騙不了這位有紋身、明顯在道上混過的傢伙。事實上，這話大概連那個在旁邊坐馬坐得滿頭大汗的小子也騙不過吧。

「那案子不是結束了嗎？」大力追問。

「對，已結束了，」我站起來，說：「所以我才說只是問問罷了。你們師傅什麼時候回來？」

「他們去了澳門，那邊正在舉行武術交流會，我想他要大後天才回來。如果長官你著緊的話，我可以替你聯絡他。」

「不，不用了，反正只是一些不大重要的調查，犯不著勞師動眾。」我想，我不能說我正私下調查一宗結案六年的凶殺案吧？我和阿沁只好告辭，萬一之後找不到線索，再回來一趟。因為是私下的調查，我可不想留下電話號碼。

「啊，等等，」當我跟阿沁步出拳館大門，大力突然叫住我們：「我剛想起，師傅曾說過一件關於誠哥的事。他說誠哥一個人也可以熬出頭來，踏上正途，師傅有時會拿來告誡那些渾渾噩噩的小子。」他邊說邊用拇指指向還在坐馬的阿廣。

「一個人？」

「聽說誠哥在十一、二歲時家人都死了，好像說是在嚴重的交通事故中逝世的。」

剎那間，我心頭為之一震。交通意外中逝世……我又一次想起林建笙臨死前的惡行。

離開拳館時我沉默不語，一種怪異的無力感充斥四肢。想到那些死去的無辜者，我便感到強烈的情緒波動。我的前額忽然又痛起來，我再次把兩片阿斯匹靈送進口裡。

「看啊，我就說是三樓吧。」回到街上，阿沁指著那個綠底白字的拳館招牌，上面的的確確寫著「三樓」。可是，我無意深究，也懶得回應阿沁。

「怎麼了？」阿沁問，她好像察覺我心不在焉。

「沒什麼，只是頭痛又發作。」我沒待她答話，便說：「我們出發往賀氏影城吧。」

「喂喂，你不餓嗎？下午兩點啦！我們還沒吃午飯啊。」

我看看手錶，時間是兩點十分。雖然從早上我只在呂慧梅那兒喝過一杯咖啡，但我幾乎沒有飢餓的感覺。當然，不餓也得吃點東西，萬一之後遇上歹徒，使不上氣力便麻煩了。

我們在一間裝潢陳舊的茶餐廳吃午飯。旺角那邊人車爭路，油麻地這邊卻是人流稀少，相隔只有三個街口，感覺卻有天壤之別，人群就像鐵釘，統統被旺角那片巨大磁鐵吸引過去。茶餐廳裡只有五、六個客人，穿白色制服的服務生都一臉輕鬆的模樣，我想他們之前在午飯時間比較忙，現在能夠休息一下。

「許警長，你吃什麼？讓我請客，當作答謝你接受訪問。」

服務生好像聽到阿沁的話，上下打量著我。我們點了牛腩飯、餛飩麵和兩杯奶茶，雖說阿沁請客，我現在也沒胃口吃什麼鮑參翅肚——何況這兒只是廟街的茶餐廳罷了。

「許警長，剛才……剛才謝謝你。」阿沁突然說道。

「什麼？什麼謝謝我？」

「剛才你救了我。」

啊，原來她說的是剛才阿廣調戲她的事。

「總編輯常常提醒我們，」阿沁若有所思地說：「說女生單槍匹馬採訪要特別小心，光靠一股勇氣是不行的，那只是蠻幹而已。我這些年來也見過不少人，也曾訪問過好些黑道和小混混，但我倒沒想過今天會遇上這種事。這麼說吧，因為心情輕鬆，突然被那傢伙抓一把時特別吃驚。」

「那麼，有空時我教妳兩招自衛術，用來對付色魔吧。」

「真的麼？那一言為定了！別賴帳啊許警長！」阿沁燦爛地笑著，眉宇之間流露著一份親切感。這一刻我才留意到這個短髮女生樣子不錯，一雙眼珠清澈動人，牙齒像貝殼般整齊漂亮地排列著。

我們一邊吃著午餐，一邊聊起阿沁的事情。阿沁是個獨生女，中學時便立志要當記者，結果在大學修讀新聞系，畢業後進入 FOCUS 實習，一幹便是四年，雖然不是一帆風順，倒也無驚無險。她在編輯部滿能幹似的，畢竟入職四年便給委任主導一個十二頁的專題，依她所說，就是工作了八年的老鳥也不一定有這機會。

「談夠了我吧！那麼你呢？」阿沁一邊喝奶茶一邊問。「你為什麼當警察？」

我驟然停下手中的筷子。

我為什麼當警察？

我……答不出來。

好像曾幾何時，我認為這個世界是有公義的、為他人犧牲性命是偉大的、除暴安良警惡懲奸是必然的。可是，某天這些理由都消失了，餘下白茫茫的一片。

即使問心無愧、剛正耿直的人，也會死於非命。不幸降臨時，無人能阻擋，世界是殘酷的。

我的腦海忽然變得混亂。過去的片段不斷閃回，可是我無法看懂每一個細節。我就像在看一齣自己擔任主角的影片，可是完全無法理解它的拍攝手法。鏡頭與鏡頭之間連繫不上來，在寬銀幕的畫面裡，只是一連串無意義的顏色拼湊，以曲線和平面組成的混沌。

我似乎連六年前的事情也有點想不起來了。

我愈去想，愈去抓緊記憶中的片段，它們就飄得愈遠。頭痛宛如利刃，把這些片段撕碎，變成漫天飛舞的雪花。

「我……忘記了。」我說。

「是因為失憶症的關係嗎？」阿沁問。

「或許吧。」

「那個……」阿沁突然有點吞吞吐吐，「許警長你說過失憶症是因為PTSD吧，或者你跟我談談那件事情，抒發了情緒，會讓情況變好呢？我聽過人家說，傾訴是治療心理創傷的有效藥方，我保證我不會跟其他人說，不如你試試看？」

我皺一下眉頭。即使我對這女生有一點好感，我也不想讓一個陌生人插手我的過去。

「抱歉，我還是不想談。」

我冷淡的回應，讓阿沁有點不知所措。

我們沉默了好一陣子。

「許警長，那你……你有沒有記起一些新的事情？你之前說過或許一些時間後便會好轉，現在好點沒有？」阿沁似是想改變一下氣氛，可是她卻挑了一個令人沮喪的話題。

「沒有，我還是錯覺著現在是二〇〇三年，東成大廈凶殺案是上星期的事。」

「我看過一部電影，內容說女主角因為車禍，每天醒來的記憶都停留在失事的同一天，於是家人們只好努力為她掩飾，每天過著重複又重複的生活。」阿沁擠出微笑，說：「你會不會擔心你也是這情況？」

我倒沒想過這彆扭的可能。

「不會吧，我怎麼會……」一陣寒意在背後竄過，阿沁的話把一個我一直沒留意的事實揭穿。我掏出我的記事本，打開一看，不願看到的真相赤裸裸地躺在那兒。

「不對勁……真的不對勁……如果我真的只是失去六年的記憶，為什麼我的記事本上的資料也是六年前的案子的？」我以抖顫的手指，指著記事本上「東成大廈」、「林建笙」、「鄭元達」、「呂秀蘭」等文字。記事本只有頭幾頁有我的字跡，記錄了案件相關的地址、人物資料和調查進度，除此之外每一頁也是空空如也。

阿沁也似乎被這個事實嚇一跳。

「莫非妳說的正是我現在的……」我沒法說下去。也許我六年來，每天意識也停滯在那一天，我已因病辭去職務，只是昨晚因為一些意外，令我無法在家中或療養院醒來，陷入這個詭異的情境之中……

難道我這六年來，每天也在追查一宗已完結的案件？

「不！先別擔心這個吧！」阿沁說：「如果那是事實，你現在擔心也沒有用啊，而且，我相信總有另一個合理的原因來解釋你這本記事本的情況。」

「例如？」

「例如……對了，你是什麼時候發現你的記事本的？」

「今天早上我發覺自己頭腦一片模糊時，偶然找到的。」

「看到記事本的內容前，你已發現自己失憶了？」

「我到了警署才發覺時間過了六年的。看到記事本前，我只記得之前一天跟同事爭執、後來去了喝酒……」

「那麼說，這記事本未必是證明你每天失憶的證據，反而可能是引發你這次失憶的元凶喔。」阿沁以明亮的聲線說。

「元凶？」

「你說過你的失憶是 PTSD 的後遺症吧，」阿沁以專家的口吻說：「或許你今早病發時根本忘了自己所在的時間，因為你看到記事本的內容，令你以為自己還在調查東成大廈的命案，所以才會讓自己誤以為在二〇〇三年。」

「那我為什麼會突然拿六年前的記事本放在身上？」

「這還不簡單嘛，」阿沁笑了起來，「因為我前天找你，說要採訪有關東成大廈的案子，你一定是特意找回舊記事本，準備資料跟我做訪問時用。這不是很合情合理嗎？」

那麼說，因為她聯絡我，勾起我對東成大廈凶案的記憶，所以我連作夢也夢到六年前的現場。的確，這也是很合理的解釋，我稍微安定了一點。

「不過，怎麼這記事本上只有東成大廈一案的資料？」我問。

「我怎知道你的習慣啊！」阿沁繼續笑著說：「你是不是因為某些原因，更換了記事本？」

我努力猜想當中的理由。或許六年前我跟同僚吵上一頓後，被黃組長紀律處分，停職兩個禮拜，所以我沒有記下案件的進展——事實上根據我從剪報得悉的後續，我們組裡也沒有什麼新的調查行動，只是林建笙不幸遇上巡警而已。說不定我在停職期間丟失了記事本，換新的使用後才找回，又或者我只是自暴自棄把記事本收起來，反正組裡人人也說結案，我留著資料也沒意思，眼不見為淨。

不過，會不會有另一些可能？

例如這一本根本是新的記事本，我把案子的資料抄寫一次，目的是把這些資料交給某人？

是準備交給阿沁嗎？可是我沒理由為一位記者做得這麼周詳吧。

算了，還是別想太多。

「也對，因為妳找我，所以我才把記事本挖出來，這說法有點道理。」我點點頭。「換言之我現在遇上的麻煩，罪魁禍首便是阿沁妳了。」

「唏！你怎麼把責任推到我身上啊！」

我們相視而笑。之前的尷尬漸漸消失。

「其實還有另一個可能啦。」阿沁忽然挑起一邊眉毛，露出一個神秘的笑容。

「什麼可能？」

「你穿過了時光隧道，從二〇〇三年跳躍了六年，來到二〇〇九年的今天。」

「怎麼突然變成了科幻故事啊？」我失笑道：「說起來，我好像在電視看過一部英國的電視劇集，內容講述刑警主角因為車禍昏迷，卻發覺自己回到一九七三年，還在警署上班……」

「你也有看？是《迴轉幹探》[11]吧！原名叫『Life on Mars』！」阿沁變得非常雀躍，說：「我超喜歡這影集的！」

「我記得有天晚上打開電視，無意間看到，後來斷斷續續看過幾集。故事好像滿有趣。」

「對啊！是很有趣！」阿沁興奮地說：「許警長你知道片名『Life on Mars 火星上的生命』的由來嗎？」

我搖搖頭，答：「是因為主角離奇地回到過去，活在一個既陌生又熟識的城市，就像火星人給丟到地球，或是地球人給放到火星上？」

「不是啦。那是取自大衛寶兒[12]的歌曲〈Life on Mars?〉。」阿沁說：「雖然這曲子在一九七一年已收錄在大碟當中，但它在一九七三年再推出單曲唱片，而影集的故事背景便是一九七三年！這個名字是不是很有意思？」

「原來如此啊。妳有這唱片嗎？」

「當然有！我是大衛寶兒迷！我還有珍藏的黑膠唱片耶。」

「那麼，我跟故事的主人翁一樣，因為意外掉進時光隧道，所以身處二〇〇九年了？」

「哈，我倒希望你是從二〇一五年回來的。」

「為什麼？」

「那你只要告訴我這幾年的股票漲跌，或是英超[13]哪一隊奪冠，我照你所說押下整副家當便成了。」阿沁扮一個鬼臉。

「到時妳會相信才怪，」我說：「妳大概會跟劇集中的女主角一樣，認為男主角準是瘋了吧。」

「我會先觀察一下，確定情報可靠才決定下注嘛。」

11《迴轉幹探》：原名Life on Mars，英國廣播公司（BBC）於二〇〇六年首播的科幻推理影集，共十六集，曾獲多個獎項，以及被美國和西班牙製作公司重拍。《迴轉幹探》為香港播放時的譯名。

12大衛寶兒：David Bowie，台譯大衛．鮑伊，英國著名音樂人。

13英超：英格蘭超級足球聯賽。香港人最愛觀看的足球聯賽，香港賽馬會亦有提供相關的博彩項目。

「怎麼說得我真的是來自未來似的？我們又不是活在虛構的作品當中。」我忍不住笑了出來：「如果真的如妳所說，我是穿越時空的警察，那麼這劇集叫什麼名字？」

「就叫『出賣世界的人』吧！」阿沁不假思索地說。

「什麼出賣世界的人？」

「大衛寶兒單曲唱片〈Life on Mars?〉的 B 面歌曲便是叫〈The Man Who Sold the World〉。」

「這完全沒有關係吧？現在又不是一九七三年。」我啞然失笑。

「說的也是。」阿沁也側著頭，忍俊不禁。「不過你知道嗎？〈The Man Who Sold the World〉的歌詞滿有意思的，我曾讀過網路上的文章，有人認為歌詞隱喻著現代社會的崩潰，歌詞裡抽象地形容主唱者遇上另一個自己，亦即是德語中的『Doppelganger』……」

阿沁滔滔不絕地說著對大衛寶兒的感想，我卻沒有細聽。其實，我真的寧願如阿沁所說，我是因為掉進時光隧道跨越了六年，而不是舊患所造成的失憶症。

因為這代表人類真的可以突破時間的束縛，去改變過去的事情。就像那影集中，男主角在一九七三年遇見年輕的父母，甚至是孩提時代的自己……

我們都希望擁有改變過去的能耐。

因為人類是一種習慣活在「後悔」之中的生物。

片段三　二〇〇三年十二月十五日

「志誠，這星期工作忙碌嗎？」

「普通吧。」

閻志誠坐在診療室的粉藍色沙發上，簡單地回答白芳華醫生的問題。經過半年的診治，白醫生感到閻志誠漸漸卸下那副厚重的裝甲，見面時不再抱著不合作的態度。可是，即使白醫生親切地稱閻志誠作「志誠」而不是「閻先生」，她知道自己仍無法衝破對方心理上的那道防線。

這半年來，白醫生跟閻志誠談過很多不同的話題，逐漸理解閻志誠的性格、態度、想法，可是在關鍵的部分，閻志誠還是拒人於千里之外。每次白醫生想了解閻志誠的過去，或是探究他心底的創傷，閻志誠都會回復第一節治療的模樣，變回冷漠沉默。

白醫生從紀錄知道閻志誠唯一的家人——他的父親——在一宗交通意外中喪

生。當時閻志誠只有十二歲，幼時母親病逝或許已留下童年陰影，更糟糕的是，他的父親在他的眼前去世，那場交通意外中，閻志誠也在事發現場。距離只差一公尺，時間只差數秒，閻志誠便跟父親踏上不同的道路，生死相隔。

面對家人慘死，自己又差點喪命，這是典型的PTSD的成因。不過白醫生不明白，為什麼閻志誠會在半年前惹事生非。經歷創傷的病人會在事發首三個月出現症狀，延後發作的病例不是沒有，但數目很少。另一個想法是閻志誠從十二歲開始便患上PTSD，一直秘而不宣，在沒有治療下孤獨地奮戰，經過差不多十年的光景，終於按捺不住內心的怪物膨脹，因而作出暴力行為。

有專家為創傷性壓力反應列出四個時期，分別是「吶喊」、「逃避」、「侵擾」和「完成」。吶喊期是當人面對創傷時最早經歷的階段，就如同字面所說，受害者會感到震驚和恐懼，內心產生激烈的不快情緒，令人很想高聲吶喊。有些人在意外事件發生後表現冷靜，並不是跳過了吶喊期，只是心理上暫時壓抑了情緒，經過一段時間後——例如因災禍失去家人，回到空洞洞的居所時——便會爆發。

經過吶喊期，便會進入逃避期。人們會逃避真相，嘗試以一種否定的心態去無視現實。例如被強暴的女性會假裝事件沒有發生，或是刻意不想某些經歷，嘗試維持原來的生活。和真正從創傷康復的人不同，陷入逃避期的人並不是真的回復本來的生活，只是以一種「忘掉便可以繼續活下去」的態度去過活。他們對事件會避而不談，就像閻志誠一樣，以悲觀的角度來看待事物。

逃避期之後是侵擾期。創傷的回憶會重現腦海，即使個人不斷逃避，記憶還是會侵襲平靜的內心。人們會受這些回憶影響變得情緒不定，過度的焦慮、暴躁、抑鬱等等會表現出來。有些人會陷入一種叫作「過度醒覺」的狀態，就像草原上的動物，無時無刻警戒著捕獵者的攻擊。有人變得憂心忡忡，有人會容易動怒。暴力傾向其實是一種防衛機制，是因為一個人誤以為自身有危險，從而作出還擊。像那些患上 PTSD 的退役軍人，他們犯下殺人罪，往往是因為在戰場上恐懼被殺的回憶侵擾他們的意識，結果錯誤地把殺意放到其他人身上。

最後的是完成期，或是稱作「熬過而完成」的階段。當人能夠正視創傷，以客觀的角度和積極的心態去面對，克服障礙，便能真正度過創傷帶來的壓力，完全康復。一部分人能自行經過這四個階段，甚至快速地跳過中間的逃避期和侵擾期，從創傷中復元，可是 PTSD 的患者便會卡在第二期或第三期之中。

創傷後壓力心理障礙的患者，往往會在逃避期和侵擾期之間遊走，在因為過去的片段閃回，令自己變得困擾後，可能回到逃避期，再一次否認現實。心理治療師的工作，就是要幫助患者離開這些迷宮，向著完成期邁進。

白醫生估計，閻志誠現在是回到逃避期之內。或許閻志誠曾在半年前經歷過侵擾期，變得暴躁，可是她又覺得不對勁，因為他很快回到逃避期，以迴避問題的態度來跟白醫生見面，這半年來他亦沒有表現出第三期的徵狀。

她作的另一個猜測，是閻志誠有「解離」的症狀。

面對創傷壓力的患者，有可能進入一個極端的狀況，不單逃避過去，甚至把意識抽空，以「離開」的角度去觀看自己。

接受白醫生治療的另一位病人，便有輕微的症狀。許友一警長因為目睹同僚殉職，自己命懸一線，白醫生發現每次跟他談到那段經歷，他也會不期然略過，或表示忘記當中的細節。這並不是許警長刻意隱瞞，而是因為意識為了防止二度侵害，自動把當中的片段封鎖。有部分人從 PTSD 康復後仍遺留相關的症狀，不過，「解離」並不一定是壞事，因為這是意識的自我保護機制，就如一些人會以發白日夢來舒緩工作的壓力，只要不影響生活便沒有問題。

只是，白醫生認為閻志誠的「解離」徵狀具有摧毀性。她懷疑閻志誠解離出一種「理想的身分」去生活。

資料上說，閻志誠的父親是位特技演員，而閻志誠中五畢業後便從事相同的職業，即使他本來的成績不錯，有足夠資格繼續進修。他就像是為了繼承父親的志向而存在，把本來的自我埋藏起來。

換言之，現在的閻志誠可能只是他自我塑造出來的假象。白醫生擔心那個憤怒地毆打休班警員的閻志誠才是他的真正性格。或許那個警員有點像導致他父親死亡的司機，或者那人身上的服裝勾起他的回憶，甚至微小如氣味之類讓他醒覺，於是閻志誠便按捺不住痛打對方，以發洩喪親之痛。

只要條件符合，便會爆炸——閻志誠可能是枚不定時炸彈。

「我有看你參與演出的電影啊。」白醫生微笑著說。她知道無論閻志誠有沒有危險，她也要盡力治療，努力協助他重建人生。

「哦？」閻志誠回答道。

「在主角用機關槍掃射時，穿黑色衣服從直升機掉下水面的是你吧。」

「妳竟然留意到。」閻志誠報上淺淺的微笑。這種笑容雖然不常見，但只要觸及一些令人愉快的話題，閻志誠還是有著常人的反應。

當然白醫生一直擔心這不是由衷的笑容。

「我的眼力不差嘛。」白醫生笑著說：「你滿意演出嗎？」

「還可以。」

「我覺得之前一場那個被爆炸炸飛的演員的動作不夠你俐落。」

「那是阿正，他剛入行，沒什麼經驗。」

「你們時常面對這些危險場面，沒有壓力嗎？」

「都習慣了。」

「你有沒有害怕過演出失敗受傷？」

閻志誠靜默了下來。

「會害怕沒有什麼好奇怪的，」白醫生說：「你是個盡責的演員，即使不害怕受傷，也會害怕動作失敗要重拍那一場吧。我時常想，如果在大型的爆炸中主角失手，怎麼辦？」

「我們會彩排多次才正式上場，導演還會保險地多設幾台攝影機，有任何不妥當便靠剪接處理。」談到工作之類的話題，只要不涉及個人感情，閻志誠也願意多說幾句。

「有這種方法喔。」白醫生亮出恍然的表情，說：「那你有沒有碰過同事犯錯的情形？」

「有一次爆炸師傅遲了引爆，導演氣炸了。」閻志誠苦笑一下。「我們當替身的全都跳出窗戶，五秒後才爆炸，只好讓我們在另一個佈景再跳一次，然後用後期處理，把鏡頭連起來。」

「那師傅被罵得很慘吧。」

「對，不過他好像沒把事情放心上，之後還嬉皮笑臉。」

白醫生笑了笑，說：「那樣的傢伙才會活得輕鬆，他看來很懂得處理壓力嘛。」

「白醫生，妳想繞圈子引我說自己的事情，減輕自己的壓力吧。」閻志誠突然說道。

「對啊，老是把創傷放在心底，並不會癒合的。一位美國的心理學家說過，受損最嚴重的情感便是那些從未討論過的，單單說出來已有著顯著的功效。」白醫生知道閻志誠是個敏銳的人，所以沒有迴避問題，更何況難得對方單刀直入的說道。

「白醫生，請妳省下那些手段吧。」閻志誠回復本來的撲克臉，「我不會說關於自己的事情，因為我信不過妳。」

「我們有保密協定，我不能向第三者透露任何內容。」

「妳誤會了，我不是不信任『妳』，我是不信任包括妳在內的所有人。」閻志誠露出異樣的眼神。「我今天仍在這兒，是因為我受法律約束，反抗的話便會被拘捕，失去自由。」

白醫生被那雙眼懾住。

「我並不是個奉公守法的人，我只是屈服於現實。」閻志誠一臉木然。

——這個才是閻志誠的真面目？

白醫生直瞪著閻志誠，為這個半年以來首次目睹的性格感到訝異。

——這是進展嗎？還是退步？還是這半年來，自己只是原地踏步？

不了解。白醫生感到沮喪，她覺得自己這半年來只是自我感覺良好。她沒有對閻志誠提供任何幫助。他仍然是那個一言不發，不合作的病人，只是他套用了在社會上打滾的假面具，來應付每星期一節的治療。

他還是沒有感情、憤世嫉俗的患者……

不對。

剎那間，那些白色的菊花在白醫生腦海中浮現。

雖然只見過一次，但閻志誠不是個完全冷漠的人。

那個時候，他很想跟我談那個「朋友」——白醫生回想起來。

「志誠，這樣吧，我不再強求你說你的過去。」白醫生說：「接下來的半年治療，我會告訴你一些處理創傷和壓力的方法，你喜歡的話便聽，不願意的話，便當作沉悶的課堂吧。」

閻志誠不置可否。

白醫生希望閻志誠能在情緒不穩時，利用這些技巧舒緩心理上的症狀。做法雖然有點消極，但總比起徒然地嘗試打開這重密不透風的圍牆來得有效。

畢竟時間有限，閻志誠半年後便會從白醫生的眼前消失，湮沒在人海之中。

第四章

「賀氏影城……說起來，我上星期才到過這兒呢。」當阿沁把車駛到賀氏電影公司附近，喃喃自語地說。

「來採訪嗎？妳又不是娛樂記者。」我問。

「不，我只是載攝影師來罷了，我連門口也沒進去。記得我提過莊大森正在拍那部以東成大廈為題材的電影吧？正是賀氏投資的。娛樂組的攝影師約了他們拍攝花絮，我又碰巧約了其他人在附近做訪問，所以讓他搭便車了。總編輯常碎唸，說交通費可省便省，我們都被他唸得耳朵長繭。」

賀氏影城位於將軍澳近郊，占地五十萬平方呎，可說是香港最大的電影攝影棚兼製片廠。香港曾經是繼印度和美國後，全球產量第三高的電影產地，雖然自從九十年代開始產量下跌，今天還是亞洲一個重要的影業基地。我放眼望過去，只見四座龐大的建築物，附近還有零星的大樓。欄柵外掛著一幅連綿不斷的布額，上面印著「賀氏影城 Ho Studio」和那個斗大的「HOS」標誌。

「待會讓我用記者的身分帶你進去吧。」阿沁說。

「為什麼？」我有點意外。

「影城裡有不少記者同業，我很可能會碰到他們，我的身分是瞞不了的啦。如果你向門口的警衛說是為了警務找人，其他記者又碰巧聽到，你如何向你的上司交代這次的私人調查啊？」

我沒料到阿沁想得這麼周詳。她說得對，我在這兒亂闖的話，應該很快會被上級知道——雖然我對跟同僚發生衝突視作等閒，可是如能避免，有簡單的方法不用才是蠢才吧。

「好的，那便麻煩妳了。」

她指指後座，「後面有個箱子，你把裡面的相機拿出來，扮成攝影師吧。」

我從箱子裡拿出一台附有大砲似的鏡頭的數位相機，機身上有一堆按鈕，看樣子真是專業得不得了。

「這是妳的嗎？看不出妳還是個專業攝影師。」我出奇地問。

「不啦，」阿沁笑著說：「那只是備用的，我現在都用小巧的數位相機。如果真的要拍重要的照片，編輯部也會派攝影師幫忙，否則的話，用這東西只像殺雞用牛刀。」

我把「巨砲」掛在胸前，戴上一頂黑色的棒球帽，看樣子倒有點像攝影師。

阿沁駛到影城的大門，門口一位魁梧的警衛員伸手示意我們停下，另一位胖子警衛坐在他後方，負責控制閘門欄杆的升降。阿沁掏出記者證，交給警衛。

「您好！」阿沁堆起笑容，說：「我是FOCUS的記者，這位是兼職的攝影師。我們今天來採訪莊導的新作。」

高個子警衛員拿著記者證，重複審視阿沁的樣子和證件，一副小心翼翼的模樣。他一邊拿著寫字夾板記下阿沁的資料，一邊說：「最近影城的治安不太好，抱歉我們要多記錄一點資料。」

「有什麼事嗎？」阿沁問。

「最近常常有人潛進影城，雖然沒有失竊，但我們怕是色魔之類，女藝人們都很害怕……呃，別跟人說是我說的。」警衛員似乎突然記起面前的是位記者，這些小消息往往像雪球般愈滾愈大，一發不可收拾。

「放心，我又不是『橘子日報』的。」阿沁接回記者證。「對了，請問您認不認識一位叫閻志誠的特技演員？他應該是位武師，當替身的。」

警衛員用原子筆搔搔後腦，說：「我不太清楚，員工不一定用這邊的閘門，他們通常從東門上班的。」

「是嗎……」

「喂，你們說的是不是那個阿閻啊？」胖子警衛插嘴說。

「哪個阿閻？」高個子回頭問道。

「昨天把C座三樓更衣室的貯物櫃打凹了的那個阿閻啊。聽洪爺說當時他嚇了一跳，更衣室突然傳來砰的一聲巨響，以為是什麼炸彈爆炸了。走進去才發覺是那個阿閻獨個兒發脾氣。」

「洪爺誇大了吧？」高個子說。

「他說那個阿閻雖然沒你那麼粗壯，但他應該一拳便可以擊倒你哩。」

「洪爺說話就是愛損人……」

「抱歉，」阿沁打斷兩個警衛的拌嘴，問道：「你們說的洪爺認識閻志誠嗎？」

「洪爺是東門的老警衛，在影城打工四十年啦，他大概連跑龍套的也認得。」高個子警衛員說：「如果您要找人的話，問他比起問人事部更清楚。」

「明白了，謝謝！」

欄杆升起，阿沁把車駛到大門左側遠處的車位上。她把警衛給她的泊車證放在擋風玻璃後，再掛起訪客證，我也把那個印有紅色 V 字的訪客證扣在襟領上。

「好吧，我們姑且去問問那個洪爺，看看他認不認識閻志誠。」離開車廂後，阿沁說。

「唔，我們分頭行動好不好？」我說。

「咦？為什麼？」

「我想去影棚那邊問一問，只要找到像武師似的人，他們很可能認識同業的閻志誠。這更有效率吧。」

「這個……也對。好，我去找洪爺，二十分鐘後在那幢大樓門口等吧。」阿沁指著前方一幢白色外牆的大樓，上方寫著「E座——後期製作工程大樓」。

待阿沁走遠後，我往另一個方向前進。因為我接下來做的事情有點違規，遣開阿沁是最好的做法。

我打算搜查一下閻志誠的貯物櫃。

雖然胖子警衛沒說閻志誠打凹的是自己的貯物櫃，但以常識而言，一個人要發洩情緒，破壞的只會是自己的東西，這樣子應該很容易把它從數十個貯物櫃中找出來。

沒有搜查令，擅自檢查他人的私人物品違反警察守則，我當然不想牽連阿沁，另一方面，也是為了自己，我不想有第三者在場看到我的行動。

這種違規的蒐證，最糟糕的情況不是令警員革職，而是搜查到關鍵證據，卻被辯方以「違法蒐證」為理由令證據失效。我沒得到當事人的同意，打開貯物櫃，調查裡面的物品便是百分百的違法行為，可是，如果我堅稱那個貯物櫃因為某些原因，櫃門自己打開了，我因而發現的證據便可以呈堂。這中間的角力十分微妙，雖然說這種手法不可取，但事實上我聽過好些案子是以這種偷吃步才成功令犯人繩之於法。

我毫不費力便找到 C 座大樓，沿著樓梯，很快找到三樓更衣室。

我輕輕推門進去，冷不防有兩個男人剛好從裡面走出來。他們正在大聲聊著哪個導演正在找編劇、哪個編劇的作品有多爛，縱使跟我迎面錯身，也沒多瞧我一眼。更衣室有兩張長木椅，兩旁和中間有四排灰色的貯物櫃，每排貯物櫃分上下兩行。

時機正好，房間裡空無一人。

我放眼望過去，第一眼便看到左方一個凹了個洞的貯物櫃門。櫃門是用鋼板所做，成年人用力敲打的確很易把它弄凹，但我面前這個凹痕，卻是一個明顯的拳頭形狀，這說明了出拳的傢伙用力之猛、速度之快。我把右手拳頭對上，跟我的右手大小差不多，看來這個閻志誠體格跟我不相上下，萬一打起來我不一定有勝算。

當我看見貯物櫃繫著的掛鎖時，就像看到幸運女神的微笑。竟然是一把密碼鎖！如果是一般用鑰匙的掛鎖，我也許要用暴力才能弄開，但密碼鎖卻有另一個方法。

坊間很多密碼鎖其實都有設計漏洞，有好些方法找出正確的密碼。例如按鈕式的密碼鎖，只要使用時間一久，物主經常開關的話，正確密碼的按鈕都會有點磨損，不用放大鏡也能看出來。如果是由三個轉輪組合的鎖，只要用力壓著鎖的開關，再慢慢轉動每一個轉輪，當轉到正確的數字，因為開關被用力壓著，鎖芯會稍稍卡到轉輪裡的鋼片，轉動的感覺會有點不同。這方法的誤差為前後一個數字，本來要試的數字組合從一千個暴跌至二十七個，不用五分鐘便能順利打開。

其實很多人也知道這種鎖的破綻，不過，更多人知道這些小掛鎖只是做個樣子，沒有人會笨得放貴重的物品在使用這些掛鎖的貯物櫃裡。有心要偷竊的，用鐵撬比猜密碼快上十倍。

我面前的，正是三個數字轉輪的密碼鎖。我只花了二十秒便打開了閻志誠的貯物櫃。當我發覺密碼是「二、七、八」或接近的數字，我不假思索地試「二八八」，一下子便打開了。

貯物櫃裡有一件汗衫、一包乾電池、兩支原子筆和一個 A4 大小的公文袋。

公文袋的左上角印著「寰宇偵探社」，我打開一看，只有數張3R照片。

「嗒。」一聲微小的腳步聲從後傳來。

我太大意了，沒留意有人進入更衣室。來不及逃跑，只好以靜制動。我停下本來的動作，假裝整理貯物櫃的東西，眼角卻盯著後方。一個穿灰色外套、頭戴針織帽、挽著一個棕色背包的人走進更衣室，在我的後方背著我坐在長椅上。

他似乎是個工作人員。他打開自己的背包，伸手整理一下物件，弄一下衣褲，不一會便離開。

幸好他沒有留意我這個陌生人。

那人走後，我繼續我的蒐證。公文袋裡的照片都像是用長鏡頭偷拍的，照片背後寫了編號，可是我在公文袋裡卻找不到文字報告，我猜被閻志誠拿走了。照片一共六張，第一至三張都是街景，第四張及第五張赫然是林建笙的妻子李靜如在体蘭街工作的小吃店——雖然沒照到李靜如本人——而第六張，霎時令我感到驚愕。

照片裡的是呂慧梅和鄭詠安。

看樣子是近期拍攝的，她們的樣子和我今天見過的沒大分別。照片中呂慧梅牽著女兒的手，從一間餐廳離開，她們顯然不知道正被人偷拍。令我吃驚的是，在人群之中，呂慧梅的頭部被人用紅色的馬克筆畫了個圓圈，就像是發現目標人物似的標記。

為什麼閻志誠有呂慧梅的照片？不，應該問，為什麼閻志誠要委託人偷拍呂慧梅？他想調查什麼？那個紅色的標記又是什麼意思？李靜如工作的小吃店也被偷拍，閻志誠到底想幹什麼？

我拿著照片，毫無章法的在思考著每一個可能。先別管李靜如，閻志誠跟呂慧梅有什麼關係？不，他們應該沒關係，就是沒關係閻志誠才要委託他人調查。所以問題是閻志誠為什麼要找呂慧梅。

——「我只記得一個叫『阿閻』的名字。」

一種可怕的想法閃過。

我掏出林建笙的記事簿，打開三月那一頁，再次看到那些歪歪斜斜的筆跡。

雖然是很大膽的假設，但也是合理的懷疑——林建笙只是共犯，真正動手殺人的是閻志誠。

縱使現在不知道殺人動機，但閻志誠比林建笙更符合凶手的形象。林建笙跟閻志誠在事發當天相約，閻志誠很可能跟林建笙一同前往東成大廈，只是閻志誠沒有上去，說不定是他駕車載林建笙到東成大廈，他在車子裡等待。當他知道林建笙找不著鄭元達時，便提議半夜去「教訓」他們……

不對。這中間有點不妥。

如果閻志誠懂得戴手套行凶，他不會忘記吩咐林建笙也戴上手套……

萬一林建笙不知情呢？

線索像骨牌一樣，一片一片的倒下，把每一條獨立的線索連起來。如果林建笙不知情，這一切便能合理地串起來。

閻志誠很可能提出半夜入屋嚇嚇鄭氏夫婦，好讓鄭元達知道淫人妻子的後果，不過林建笙因為某些理由反對。二人分別後，閻志誠還是沉不住氣，因為「好兄弟」受辱，決定為林建笙報仇，獨自執行「懲罰」。他半夜帶著刀子，從窗戶潛進鄭宅，卻不知何故殺掉鄭元達夫婦。或許鄭元達出言不遜，或許房間裡有某些事情惹毛了他，甚至可能是他突然發狂失控，結果鄭氏夫婦慘死。

閻志誠沿路離開後，林建笙不知情地想到類似的做法，準備攀外牆去打鄭元達一頓——說不定他本來同意閻志誠的提議，只是不想連累好兄弟，打算獨自行事。沒想到房間裡只餘下兩具屍體，他大驚逃走，卻懵然不知自己留下大量指紋和腳印。

林建笙不曾殺人，以他的紀錄來看，他是個用拳頭毆打他人的犯罪者，用刀刺殺不合他的個性，更遑論這種猶如屠殺的凶行。因為他在逃亡的車禍中害死多個平民，所有人才認為他是個窮凶極惡的殺人犯，可是如果反過來思考，他是因為被認為是殺人犯，失去方寸逃走時誤殺途人，這也一樣合理。事實上，事件中從來沒有直接證據指證林建笙殺人，那個看到有人攀爬外牆的流浪漢，搞不好看見的不是林建笙，而是閻志誠。

林建笙潛逃後，閻志誠才發覺林建笙當了代罪羔羊，但束手無策，他不會笨得出來承認殺人罪。也許他找到方法聯絡林建笙，或者林建笙走投無路向他求助，總之兩星期後林建笙現身西區，即是閻志誠居住的地點，不小心被巡邏警員發現，最後釀成慘劇。從時間上來看，林建笙亦可能一直躲在閻志誠的家。

林建笙一死，事件便完結，沒人知道真凶是誰，也沒有人有興趣知道，因為每個人都把矛頭指向死去的林建笙，把怨氣加諸他和他妻子身上。

閻志誠又會怎樣想？

好兄弟慘死，更為自己扛下罪名，閻志誠一定不好受。然而，他不能告訴任何人，只能把真相藏在心裡。這六年來，他受過多少煎熬呢？他有多少次想公開事件呢？這只會讓一個人的內心扭曲，猶如一棵被圍牆局限著生長的大樹，只會愈長愈歪，變得醜陋畸形。他大概會把恨意轉嫁到他人身上……

閻志誠要對付呂慧梅母女。

或許這結論太跳躍，但只要想到閻志誠把林建笙的死歸咎於鄭元達一家，凶手打算對遺孤不利的推測也不見得太離譜。他多年不出手是在部署和準備，或是因為某些事情阻礙了他一兩年的光陰，未能一早完成。呂慧梅母女搬離東成大廈，也許亦打亂了他的計畫。如此猜想的話，閻志誠委託偵探社調查的理由便成立。

呂慧梅在家中工作，少與人接觸，要讓她人間蒸發比一般人容易。小安是一個小學生，只要偽造退學的理由，亦有方法處理。一九八五年在澳門發生的「八仙飯店滅門案」，凶手把餐館東主一家九口殺害後，以員工身分繼續經營，瞞騙他人一年之久，只要不讓人懷疑，以及不讓屍體曝光，對付一個婦人和一個小孩子，非常簡單。

不管他是要殺人還是禁錮傷害，問題是，假設他已經得知呂慧梅的住處，他何時會動手？

「媽的啦！明天的通告又是凌晨一點，我已經兩天沒睡，我家又遠，如果現在回家，睡不到六個鐘頭便要回來……」

「老陳，我們是小咖就別埋怨哪，有種便辭職不幹。」

門外走廊傳來吵雜的談話聲，把我的思路打斷，似乎有三四人準備進來換衣服。我情急之下，只好把照片放進口袋，正要關上櫃門，卻發現門的裡面貼著一張簡單的月曆，上面寫上密密麻麻的時間和代號，也許是工作的時間和地點。

我沒時間慢慢細看，於是一手把月曆撕下，對折塞進外套口袋。

在那群人走進來前，我關上櫃門，鎖好。走進更衣室的是三個二十至三十歲的男人，他們都穿著白色背心，其中兩個渾身濕透，不知道是因為剛演出雨天的場景，還是因為武打場面流汗沾濕。為了不引起他們的注意，我低著頭，慢慢地從他們身邊走過。他們當中好像有人瞥了我一眼，但我沒回頭，趕緊推門離開。

「啊，對不起。」我在更衣室門外差點撞倒一個穿中山裝的中年男人，他微微點頭，側身走進更衣室裡。

「許警長，你怎麼這麼遲？」在 E 座門前，阿沁看到我便說道。

「因為有點發現，」我正要伸手把照片拿出來，「閻志誠他……」

「你先聽我說，」阿沁打斷了我的話，「剛才我去東門找洪爺，他碰巧走開了，我等了好一陣子他才回來。他果然認識閻志誠，還說剛剛瞧見他走過。」

「閻志誠在影城裡？」我大為詫異，這麼一來，只要先把他逮住，便不用怕呂慧梅母女遇害。

「對喔，洪爺說，剛才他經過 C 座，看到閻志誠穿著灰色外套……」

灰色外套？

天！是剛才那個頭戴針織帽，坐在我身後的男子！

「是那傢伙！」我撇下阿沁，往C座跑去。剛才在更衣室的那個男人便是閻志誠？那傢伙走進更衣室裡，稍微整理衣衫便離開，行為古怪。當時我只在意自己有沒有露餡，卻忽略了對方的行動——在更衣室裡沒打開任何貯物櫃，光是打開背包整理，這行為不正很可疑嗎？

可是，如果他是閻志誠，看到我打開了他的貯物櫃，他沒理由不作聲。

我摸摸腰間的手槍，突然明白原因。

剛才我扮作找東西時，他一定瞥見我的配槍。他知道我是警察，於是默不作聲，沒揭穿我，從容離開。這傢伙的城府竟然如此深？他竟然如此冷靜？

我打草驚蛇了。

如果不能及時找到他，他便會盡快的下手，傷害呂慧梅和鄭詠安。

我回到C座三樓，更衣室已空無一人。我沿著走廊往前跑，雖然心焦如焚，卻不知道該走哪邊。

「妳有沒有見過一個穿灰色外套、戴針織帽的男人經過？」我抓住一個經過的女生問。

「灰色外套？針織帽？我在 B 座影棚外好像看到這樣的一個人……」

我沒等她說完便往她所指的方向奔去。C 座大樓和 B 座大樓間有一道空中天橋相連，我在上面經過時，突然感到一股目光，從橋下投射過來。我轉頭向右下方一望，只見那個穿灰色外套的傢伙和我四目交投。在我採取下一步行動時，對方突然回頭，拔腿就跑。

「給我站住！閻志……」我發覺我這個警告不可能起作用，於是往天橋的盡頭跑去，可是如果要從室內再往外跑，一定失去他的影蹤。

可惡，頭痛時還要做這樣的劇烈運動。我縱身一跳，從天橋的邊緣躍到旁邊的一根燈柱，用雙臂緊緊的抓住，從上面滑下來。剛才一跳我好像把胸前的相機鏡頭砸壞了，但我沒多理會，眼睛盯著遠方那個灰色的影子。

一著地，我便往閻志誠逃跑的方向追過去。我跟他相距大約一百公尺，他在前方向左拐去，我只好再跑快一點，生怕被他逃去。

我們沿著 B 座外面的車道，一路跑到 A 座前的停車場。閻志誠一個翻身，踏著消防栓攀過一道鐵絲網，我連忙跳上旁邊的石牆，抓住水管攀上二樓，直接從二樓簷棚上追過去。這混蛋真能跑，不愧是個特技演員。

「站住！」我罵道。即使明知沒意義，我覺得不喊一下，便好像失去追逐的動力。閻志誠稍稍回頭，但沒放慢腳步，仍一味向前衝。

當我們再轉一個彎角時，我卻看到絕對的優勢。前方空地正好有一組拍攝團隊，他們正在整理攝影機、布景、反光板等等。閻志誠的腳步明顯慌亂了，正想向另一個方向逃去，我大喊道：「快阻止那傢伙！」

那群工作人員中，有幾個似乎比較機靈，走到閻志誠前方，伸手攔住他。大概這樣的舉動殺閻志誠一個措手不及，他腳步一慢，我便往前撲過去，把他按倒地上。他跌個狗吃屎，背包的東西散落一地。他企圖反抗，但我早有預備，按倒他時已伸手壓著他的手肘，令他沒法反抗。我一手把他那頂幾乎完全蓋住雙眼的針織帽脫掉，好好看清楚這個殺人犯的真面目，沒想到卻令我呆住。

這傢伙太年輕了。

看起來只有十七、八歲，沒可能是閻志誠，除非閻志誠十一、二歲時便犯下殺人罪。我呆然地抓住他，卻沒法說出半句話，圍觀的人似乎在等我的說明。

「請……請放過我吧！我下次不敢了！」想不到，先開口的是被我抓住的傢伙。

「喂，你們看這個！」我抬頭一看，原來工作人員從那傢伙的背包中，發現幾部手提攝影機、一些電線和針孔鏡頭。

「嘩靠！這傢伙偷拍了女更衣室！」一個拿著攝影機的女生罵道。「還有男更衣室！變態！」

糟糕，誤中副車了。這傢伙不是閻志誠，只是一個偷拍狂。搞不好他是個狗仔隊，企圖怕些內幕賣給八卦雜誌。剛才他在更衣室的舉動只是不想引起我的懷疑，如果當時沒人的話，他大概會裝設針孔攝影機和竊聽器之類。

警衛都聞訊而至，阿沁亦很快來到。我站在一旁，讓警衛們處理事件，畢竟我現在的身分只是個兼職攝影師，更重要的是我不想花時間到警署做口供。我告訴阿沁弄錯了，於是趁著混亂，我和阿沁從人群離開。當我們走到不遠處時，一個穿警衛制服的矮小老頭向我們走過來。

「小姐，咱們又見啦。剛才我還想跟您多聊幾句啦。」他對阿沁說，阿沁向他點點頭。我想這老警衛便是洪爺，都是他剛才的情報才令我……

咦，不對。

我想起剛才遇見的另一個人——在更衣室門前，那個穿中山裝的中年男人。

按道理，閻志誠應該年輕一點，但那可能是化妝啊？閻志誠是個特技替身演員，扮作中年或老年人沒什麼特別。而且，對洪爺這個年紀的老人家來說，中山裝不也是灰色外套嗎？我剛才就像一隻愚笨的獵犬，追著一隻錯誤的兔子在跑，浪費氣力。

「大個子，你這麼勇猛嘛！他們說你一個飛身把對方撲倒呢！如果有拍下來就好，保證你立即成為大明星……」洪爺一邊說，一邊拍打著我的肩膀。這老頭很會跟人裝熟的樣子，難怪說他在影城裡交遊廣闊。

我堆起笑容，心思卻放在那個不見蹤影的危險人物閻志誠身上。現在不可以再浪費時間。

我看到洪爺盯著我胸前的訪客證，挑起一邊眉毛，似乎在打量著我。我連忙向阿沁打眼色，萬一被這老傢伙發現我的警察身分，要解釋便要耗費好些時光。

「洪爺，我們有事忙著，不跟您聊啦。」阿沁向洪爺揮揮手，我也微微點頭，急步離去。

甫上車，我便感到大大的洩氣。那該死的頭痛再一次襲擊我，就像一把鐵鎚往我的額頭不住敲打。我狠狠把藥瓶扭開，吞下三、四片阿斯匹靈。

「許警長，別這樣子，對身體不好。」阿沁按著我手上的藥瓶。「你的頭很痛嗎？我們先去看醫生吧。」

「不，事情變得很嚴重……」剛才我掏出藥瓶時，閻志誠的月曆掉了出來。我一邊打開，一邊說：「我們要立即去呂……」

本來我想說要立即去呂慧梅的家，畢竟盲目地搜尋閻志誠，不及警告呂慧梅來得重要——但我沒能把話說完，因為眼前的文字如同燒紅的烙鐵，刺進我的瞳孔，把我送進一個窒息的空間。

怎可能？怎可能這樣子？

「去哪兒？」阿沁問。

「……先去一趟中環蘭桂坊。」我強忍著顫抖，緩緩地說。

「蘭桂坊？去酒吧找人嗎？」

「嗯……對，找人。有一點小事情我想先調查一下。」

「什麼事？」

「抱歉，我暫時不能說。」

阿沁似乎想抗議，但她看到我認真的樣子，便默默地開動車子。

我不能告訴她，在閻志誠的月曆上三月十四日——即是昨天——的空格中，寫著「晚上九點　中環　Pub 1189」。

旁邊還寫著「許警長」這幾個字。

我左手插進外套口袋裡，手心冒著汗，緊握著今早發現的那個杯墊。Pub 1189，正是杯墊上的酒吧名字。

我昨晚約了閻志誠？

更重要的問題是，我原來認識閻志誠？

我的記憶裡沒有這個人物，可是，我的確對「閻」這個姓氏似曾相識。那麼說，我很可能在六年前案件發生後的某天，認識這個神秘的男人。

我是為了調查他而跟他接觸？還是他主動找我的？

我知道他有殺人的嫌疑嗎？難道我今天的每一項調查，也是我多年來的結論？我今天的推理，其實是六年間的思考過程？

還是……我也牽涉其中？

我如坐針氈，大半個小時的車程猶如行刑前的懺悔，令我相當不安。

「妳在車裡等我。」車子駛到中環蘭桂坊，我對阿沁說。

「不是說好我們一起……」

「妳，留在車裡。」我語調平板，帶著威嚴命令道。阿沁露出訝異的表情，她沒再說什麼，只微微點頭。

我走進名為「Pub 1189」的酒吧。這間酒吧在蘭桂坊一幢大廈的地庫，門外貼著彩色繽紛的廣告，說明不同時段的優惠，還有個標示版，寫著今晚酒吧內會直播的外國足球賽事。由於尚未天黑，即使是星期天，酒吧裡只有寥寥數人，吧檯後有一位穿藍色條紋襯衫的酒保。

「請問要什麼？」酒保放下手中的杯子，問道。

「我想問一些事情。」我揚了揚警員證。

酒保沒有太大的反應，而且出乎我的意料，說：「原來你是位警官嗎？昨天我也沒看出來。」

「我昨晚有來過？」

酒保被我反問，怔了一怔，好像我在明知故問似的。

「有啊。」他以奇怪的目光盯著我。「你和你的朋友一起來看足球，還喝了很多啤酒嘛。」

我的朋友……我感到一陣暈眩。

「我的朋友是什麼樣子的？」

酒保以一種遇見神經病的眼神望著我，我只好說：「我昨晚喝得太醉，什麼事情也不記得了。」

「哦，原來是這樣子，」酒保一臉釋然，笑道：「是金錢糾葛吧？」

「金錢糾葛？」

「我好像聽到你們之間有什麼交易似的，什麼五萬元、五萬六千元之類。昨晚人多，不過你們坐在左邊那桌，我經過時恰巧聽到。」酒保好奇地問：「長官你不是被騙財吧？是合資做生意，被對方私吞資金，落跑了？」

我沒有回答對方的問題。我的不安漸漸變成現實。杯墊上的是銀行帳號，而且是秘密的帳號。

為了避過廉政公署的調查，一些擁有不法收入的公職人員，會開設數個銀行帳戶，可能在本地，可能在外地。雖然調查人員存心追查一定能抓到辮子，但總比常用的帳戶裡突然增加一筆來路不明的款項來得低調。以嚴重程度來為這些收入分類，輕則是警員瞞著上司做生意投資——俗稱「秘撈」——重則是出賣情報、利用職權收受犯罪分子的報酬。

我沒想過，原來我變成了「黑警」。

我很可能知道閻志誠的身分和罪行，但我沒有拘捕他，反而從他身上收取利益。因為案件已完結，我沒有能力、也沒有理由翻案，反正這個城市裡，每一個人也為林建笙伏法感到欣慰，刻意重提舊事只會被視為揭露瘡疤的異端分子。我手上那本只記錄了東成大廈資料的記事本，很可能是出賣給閻志誠的情報，我利用職權，透露過去調查過程的細節。

樂觀一點，我可能只是被閻志誠算計，我並不知道他的身分。東成大廈案是六年前的案子，即使洩露過時的情報，也不見得有什麼大問題。以一些只比坊間詳細一點的舊訊息，換取五萬多港元，這是很划得來的交易。

不論我知不知道閻志誠是真凶的事實，我應該不知道他接下來的打算。

我不知道他要對付呂女士和小安。

他利用我套取資料，是為了瞭解警方對過去案件所知有多深入，說不定他更想從中找出呂慧梅的現在居住地址，或是打聽消息，看看警方有沒有收到情報，盯上他自己。我的資料是他動手前的最後綠燈，當他確定警方已完全沒有懷疑上他，沒有他的紀錄，他便可放手進行他的「未完成任務」。

我抽了一口涼氣，感到一陣寒慄。

「閻志誠……昨晚那個跟我一起的人是什麼樣子的？長髮還是短髮？有什麼特徵？」我向酒保問道。

「長官，看來你昨天真是醉得厲害啊！你們離開時還滿精神嘛。」酒保吃吃地笑，完全不知道我內心七上八下。「那個人留短髮，國字臉型……其實你自己看不就更好嗎？」

「自己看？」

「你們昨晚有拍照嘛。」酒保指了指右邊的牆壁，上面有一面壁報板，貼滿照片。「我們的老闆很喜歡替客人拍即影即有[14]照片，時常抓著相機在店裡跟客人打招呼。我記得昨晚還是你主動叫他替你們拍照……其實這個年代什麼也數位化，偏偏我們老闆就是愛舊式的 Polaroid……」

我衝到牆壁前，在數十張照片中，被一張抓住目光。

我在照片裡面。

我露出微笑，左手扶著一瓶啤酒。身上還是我現在穿的衣服。

我旁邊是一個跟我體型差不多，略為矮一點精瘦一點的男人，年紀大約

14 即影即有：即拍立得。

三十。他有一頭短髮，國字臉型，眉毛濃密，眼神流露著一份狠勁。

在照片下方的空白處，寫著幾個文字。

「阿閻　許 Sir　20090314」

我責無旁貸。

如果呂慧梅被殺，我要負很大的責任。

我現在要做的只有一件事。

阻止閻志誠。

片段四

二〇〇四年五月三十一日

今天是閻志誠療程的最後一天。

經過一年，白醫生仍無法讓閻志誠敞開心房。閻志誠就像戴著面具，每星期來到白醫生的診療室中，聆聽她的講習。

白醫生有時感到難以言喻的困惑。閻志誠渾身散發著孤獨、無情的氣息，令人難以觸摸，彷彿輕輕一碰，閻志誠便會粉碎，變成尖銳鋒利的玻璃碎片，把周圍的人割傷。他很懂得如何偽裝，在這一年裡，白醫生發覺對方的偽裝能力愈來愈高強，有時露出的笑容，連白醫生也懷疑那是否真的發自內心的歡愉。

但她很清楚，那是假象。

閻志誠的心還是一顆被創傷包圍、黑色的核。他只是把那個受傷的自我封閉，以另一個自己來適應這個社會。白醫生知道，這個社會充斥著各種心理病患者，閻志誠的情形，也許只是九牛一毛；可是白醫生還是懼怕，有一天閻志誠會失控。

就像那天在街頭突然猛揍路人那樣子。

「志誠，我們一年的相處便到此為止了。」白醫生望向時鐘，時間是下午四時四十五分。過去半年裡，她說明了很多應付PTSD和相關心理疾病的方法，不過她不知道閻志誠真正理解、願意採用的有多少。

「如果你需要的話，我可以開醫生證明，讓你在藥房購買安眠藥或情緒安定劑。」白醫生說：「不過我想強調，藥物只是一種輔助，這世上從來沒有一個創傷後壓力心理障礙症病人是單靠藥物治癒的。」

「我不需要。」閻志誠回答道。

「那麼，你願意繼續接受治療嗎？以治療師的身分，我建議你繼續療程。這對你有百利而無一害。」

「白醫生，妳應該很清楚我不會回來。我有我自己一套生存模式。」閻志誠微笑著說——在白醫生眼中，這個笑容並不代表他快樂，而是痛苦的表現。

「你是不是有什麼打算？」

「白醫生，」閻志誠直視著白醫生的眼神：「妳知道我不會告訴妳的。」

閻志誠站起身子，走到房門前，回頭說：「再見。」

白芳華看著閻志誠的背影，恍似看到「孤寂」的實體。

閻志誠確實患有 PTSD，他自己也很清楚。

他知道自己的創傷從何而來，明白痛苦的根源是什麼。他是個相當理智的人，可是理智無法解決他身上的問題。

他經常回憶起父親慘死的模樣。父親臨死前的悲鳴、哀號，至今還纏繞在他的腦海之中。有時，他會忘記這些恐怖的經歷——他猜想或許如白醫生所說的「逃避期」——不過，當那些回憶再一次浮現時，他都很想大叫，把心臟挖出來般大聲呼叫。

閻志誠經常作噩夢。自從父親逝世後，他便沒嘗過安穩的睡眠。每當闔上眼，他便再次回到那個交通意外的現場，看到父親和阿姨葬身火海的樣子。對一個踏入青春期的少年來說，這經歷令他非常痛苦，不過，或許就是因為年輕，閻志誠漸漸適應了這些絕望的夢魘。

他解離出一個冷漠的自我來看待整件事情。直到今天，閻志誠仍經常夢見那場意外，但他不再呼天搶地，只是默默地看著父親死去。為了讓自己不受傷害，他不再感到他人的痛楚，失去同理心。

所以他擁有毫不猶豫地傷害他人的能力。

林建笙的死亡令他隱藏已久的病情變得更嚴重。他為自己令林建笙背負殺人魔之名、在社會所有人唾棄下沒有尊嚴地死去感到自責，他很想高聲疾呼「林建笙沒有殺人」。

不過，他知道自己一個人的力量有限。面對社會這台龐大的機器，自己不過是一顆小小的螺絲。

無力感、罪惡感、孤獨感，把閻志誠推向極端。

離開診療室後，閻志誠在登記處辦理療程完結的手續，填寫一些跟進資料——縱使他很清楚，自己不會再有什麼跟進治療。

「許警長，你到了耶。」在閻志誠填寫表格時，櫃檯後的護士小姐對他身邊的男人說道。閻志誠認得這男人，他好幾次準時來到診療室外，會遇到對方。他猜，這人是比自己早一個時段的病人。

「嗯，還好白醫生今天五點的時段有空，否則我便要改日子了。」許友一跟護士說。

「如果可以的話，你早點改預約時間較好。」護士小姐苦笑一下。「今早才打電話來，白醫生不一定有空的。」

「抱歉啦，最近很忙，有幾宗麻煩的案子，真見鬼。我也是今早才知道有個臨時行動。」許友一微微鞠躬，表示歉意。

「白醫生正在通電話，麻煩你先等一會。」護士小姐對許友一說道。

閻志誠冷冷地觀察這環境。他悄悄地把目光放到櫃檯後的登記冊，在最上面的是許友一的個人聯絡資料。閻志誠首先察覺對方跟自己一樣住在西區——回心一想，這也是理所當然，因為這兒是西區精神科中心——然後，他看到令他雙眼發亮的一欄。

「公司地址：西區警署重案組」

「這傢伙是重案組的？」閻志誠的腦袋不斷運轉。

——這個許友一有利用價值。

閻志誠突然呼吸急促，異常的感覺襲來，心底浮現出強烈的罪疚感。回憶一幕幕重現。

「不要礙事！」閻志誠在內心怒吼。

這是一個千載難逢的機會，不能讓它白白溜走。

強忍著症狀帶來的困擾，閻志誠把表格交給護士後，走到許友一身邊坐下。

「請問……你是不是許友一警長？」閻志誠壓下鼓動的情緒，戴上那副社交用的虛偽臉孔，對許友一說。

「你認識我嗎？」許友一有點訝異。

「你是不是住卑路乍街附近？我好像聽過鄰居提起你。我也是住在那邊。」閻志誠剛才看到許友一的名字和地址，所以能說出這樣的話。事實上，他的住所的確和許友一的家很接近。

「哦？對啊。你的鄰居是誰？」

「姓王的一位老人家，他好像說你幫過他什麼的。」閻志誠以模稜兩可的話術，套取許友一的信任。

「姓王的……啊，是那次調查金塘大樓刑事毀壞的案子？」

「大概是吧，我也不大清楚。」閻志誠伸出右手，「我姓閻。」

許友一跟他握手。「你好。是『嚴肅』那個『嚴』嗎？」

「不，是『閻羅王』那個『閻』。」

「這個姓氏不太常見啊。」許友一笑著說。「不過我也好像曾聽說過。」

「我有好幾次在這兒碰到你，想跟你打聲招呼，但我怕妨礙你回去。」閻志誠說道。

「啊，對了，你便是我的時段之後的人嘛。」許友一終於認得面前這男人。

閻志誠認為目標已達成，對方已對自己留下印象，於是多寒喧兩句，便表示有事先走。

想釣大魚便要放長線──閻志誠心想。

如果太刻意，只會令對方懷有戒心。他知道許友一的住址，亦知道他的職級和工作部門，要製造多幾次的「偶遇」，易如反掌。

兩個星期後，閻志誠在許友一的住宅附近，看到對方從大廈出來。為了這個時機，他觀察了一個禮拜，這一日他守候了兩個小時。

「許警長，這麼巧啊。」

「哦，是閻先生嗎？」

「我剛下班，沒想到在這兒碰到你。」閻志誠笑著說。

「對了，我之後在診所沒看到你，你改時間了嗎？」許友一問道。

「我的治療完成了。」閻志誠撒了謊。雖然他不知道將來許友一會不會跟白醫生提及自己的事，但白醫生應該會理解他撒謊的理由而不會拆穿他，甚至猜想他變得社交活躍，暗自欣慰。

「真好呢，我看了快一年半，白醫生仍叫我定時複診。」許友一聳聳肩，「不過反正不用自己掏腰包，也沒關係吧。」

「我現在打算去華都餐廳吃晚飯，你有沒有興趣一起來？」閻志誠說。

「這麼巧！我正要去華都吃飯。」許友一笑道。他不知道的是閻志誠掌握了他的生活習慣，連他打算去哪家餐廳用餐也瞭若指掌。

「華都的咖哩牛腩真有風味，恐怕全個西區沒有第二家比得上。」

「就是啊！我們不如邊走邊談吧，我愈說愈餓了。」許友一作個手勢，示意往前走。「閻先生幹哪一行的？」

「我是個特技演員，不過都只是當替身之類……」

二人一同往街角的餐廳方向走去。

許友一對於結識一位談得來的街坊有點高興，他完全不知道自己是被設計的目標。

閻志誠在這一年以來，不斷想方法進行心中的計畫。許友一的出現，是上天賜給他的一份禮物。

第五章

「什麼？」阿沁一臉錯愕。

「閻志誠也許要謀殺呂慧梅和她的女兒。」我一個字一個字的慢慢說。

我離開酒吧，回到阿沁的車子上。我隱瞞了我和閻志誠相識的事實，只把從貯物櫃找到的照片給她看，說明我的猜想。

阿沁聽我說明後臉色發青，但眼神同時流露出一絲興奮——我想，殘酷的事實令她感到害怕，不過如果推論正確的話，這亦是一宗驚天動地的大新聞，能揭開真相背後的真相，大概是每一位記者夢寐以求的成就。

「我們來中環幹什麼？我們應該直接去呂慧梅的家啊！」阿沁緊張地說，一面扭動車匙。扭了五次才成功發動引擎，這台破車子好像會跟它的主人作對，情況愈急便愈失靈。

「我是為了偵查閻志誠的行蹤，以及確定一些細節。」我並沒有說謊。

「知道閻志誠的外表嗎？」

「短髮，粗眉，國字臉型，深膚色，身高大約一米八，瘦身材。」雖然我剛才向酒保要了照片，但我可不能將它放到阿沁眼前——我不懂如何解釋我昨晚跟嫌犯並肩拍照。

「我們先打電話警告一下呂女士吧！」阿沁一副猛然想起的樣子。「我沒帶手機，許警長你……」

我摸摸口袋，掏出手機，可是畫面漆黑一片。

「我的沒電了。」我說：「不過，妳記得呂慧梅的電話號碼嗎？」

阿沁呆然地看著我，她大概沒想起她今早才說過想打電話給我卻忘了我的號碼。

於是，阿沁以幾近危險駕駛的速度，狂踏油門，一路往元朗飆去。我曾考慮過向上級報告，要求支援，但沒有實質證據，這做法未免太魯莽。至少跟呂慧梅談過，由她主動向警方求助，或者抓住閻志誠企圖傷害他人的證據，否則通知警方不是選擇之一。

我們到達呂家前的小徑時，天色已開始轉暗。本來週日黃昏在郊區跟女生兜風是件很愜意的事情，可是我現在的心神都放在閻志誠、呂慧梅和小安身上。我害怕我們來遲一步，發現屋裡只有兩具血淋淋的屍體，就像鄭元達夫婦的死狀……

阿沁把車子停在今早停過的位置，我們沿著小徑，三步併成兩步，跑到呂慧梅的住宅。我們來到欄柵前，房子似乎沒有什麼不對勁。

不。

為什麼這麼靜？

「那兩頭狼狗呢？」我問。阿沁一臉啞然，像是有種不好的預兆。

我們來遲了？

「我們怎……」

「汪！汪！」當阿沁的話沒說完，令人安心的狗吠聲從後方傳來。

「咦？盧小姐，許警長，怎麼你們又來了？」呂慧梅牽著兩頭狼狗，和鄭詠安一起從微斜的小徑走上來。

「妳們有沒有事？有沒有遇到可疑的人？」我沒回答呂慧梅，留意著她們的後方有沒有人躲在一旁跟蹤。

「什麼啊？許警長，聽您的語氣好像很嚴重似的？我們只是去散步和遛狗罷了。」

「我們進去再談吧。」我指指房子。

和呂慧梅一起走進房子後，我先示意阿沁伴著小安，跟兩頭狗一起暫時留在玄關。我叫呂慧梅帶我逐一檢查房間，看看有沒有異狀、窗戶有沒有被人打開，結果從一樓走到二樓，都沒有可疑的跡象。

「小安，妳回房間去，媽有事要跟客人商量。」呂慧梅似乎感到事態的嚴重性，表情也變得認真起來。小安點點頭，雖然有點惴惴不安，但仍乖乖的走上樓上。

「許警長，現在可以詳細的告訴我發生什麼事嗎？」呂慧梅鎮定地說。我們坐在沙發上，位置和今早完全相同。

「我有理由相信，殺死妳妹妹和妹夫的真正凶手，仍然逍遙法外。」我身體前傾，雙手手指互扣，手肘放在大腿上，一臉認真地說。

呂慧梅的表情剎那間變得扭曲，血液從臉龐流走，剩下一張慘白的臉孔。

「而這個凶手，這一刻很可能盯上妳和妳的女兒。」我接著說。

呂慧梅雙手抱頭，似是不能置信的樣子。她深深呼吸了一口氣，臉上回復血色，說：「凶手不是林建笙嗎？他六年前已經死去了啊。」

我從今早知道胡老先生曾走出去訓斥林建笙開始，把從李靜如、青龍拳館、賀氏影城查探到的資料串起，一一向她解釋當中的推理。我當然沒提我失憶的事，因為無論我有沒有失去記憶，客觀的環境證據也不會改變。呂慧梅一直靜靜地聽著，偶然流露半分詫異的神色，但仍保持著冷靜。

「這張便是我從閻志誠的貯物櫃找到的照片。」我把照片放在茶几上，「妳不知道當時有人在偷拍吧？」

呂慧梅吃驚地搖搖頭。

「妳認不認得是何時被拍的？」

「這……我想是一個月前吧？這家餐廳我上個月跟小安光顧過。」

一個月，有足夠時間給閻志誠準備了。任何人如果看到自己被偷拍的照片，當中還要加上一個紅色的圓圈圈著自己，大概會歇斯底里吧。呂慧梅這刻的表現算是非常鎮定。

「我認為妳們最好盡快向警方求助，」我說：「雖然我是警務人員，但因為我曾調查東成大廈的凶殺案，今天還跨區調查，如果由我越過上級重開檔案，一旦公開會令我所屬的部門十分尷尬。相反，如果由阿沁……盧小姐以記者的身分向妳通報，妳再主動求助的話，這案子便能成立。只要案件重開，由於真凶在逃，妳便能獲得警方的保護。」

「我想先問一下，」呂慧梅問：「你有沒有這個閻志誠的詳細資料？許警長的推理很有道理，但我想先知道閻志誠的資料，才能作出判斷。」

我很想斥責呂慧梅這個時候還磨蹭什麼，但回心一想，她的要求也很合理。先不說我的推論有錯，就算完全正確，我們現在對閻志誠的認識很淺，他在暗，我們在明，他一動手我們便很危險。除了我之外，她們都不知道閻志誠的外貌，如果他扮作披薩快遞員，要謀害呂慧梅母女並不困難。

雖然我手上有閻志誠的照片，但它一旦曝光，事情恐怕變得棘手。我怕的不是牢獄之災、或是內部處分，而是這照片可能會令呂慧梅質疑事情的真實性，萬一她認為我的推論不可靠，鬆懈起來，給閻志誠下手的機會，便為時已晚。

要讓呂慧梅知道敵人的樣子，最簡單的方法是讓警方接手後，核查資料庫找出閻志誠的檔案，不過萬一他們不受理，或是花上幾天才決定重新調查，呂慧梅兩母女也要承擔一定的風險。

「許警長，我想我可以幫上忙。」阿沁大概見我沉默不語，以為我礙於身分不能向上司報告，接過呂慧梅的話，說：「你不能讓警方插手，但我可以讓編輯部插手。我記得拳館的先生說過，閻志誠剛擔任了一部電影的小角色，只要不是跑龍套的臨時演員，經紀人公司或電影公司都會有演員資料紀錄。我可以拜託娛樂組的同事替我調查一下……呂女士，妳這兒有可以上網的電腦嗎？」

「路由器昨天壞了，今天連不上網路……不過我有傳真機。可以嗎？」

「有傳真機便可以了。」

「就在那邊。號碼貼在傳真機上。」呂慧梅指了指客廳另一端的架子。

阿沁看見我沒反對，便逕自走到電話和傳真機旁。

「喂，是大飛嗎？我是阿沁，我有事拜託你——是呀，我今天忘了拿手機——我想你替我調查一個人……」阿沁對著電話說。

「許警長，其實我還有一個疑問。」呂慧梅說：「您說這個閻志誠是凶手，我也明白，但為什麼您一口咬定林建笙不是凶手之一？」

「只要看看林建笙的記事簿便一清二楚。」我掏出記事簿，翻開三月那一頁。

「妳看三月的行程。」

當呂慧梅低頭細看時，阿沁回來座位，說：「拜託好了，他查到後會把資料傳真過來。雖然不一定找到完整的個人檔案，但我想至少能找到相片。」

「這有什麼特別？」呂慧梅看完記事簿，看來完全沒看穿當中的矛盾。

「這兒和這兒有什麼不同？」我指著三月十一日之前和之後的兩個不同的「開工」。

「一個寫得整齊，一個潦草？」

「對。」

「這跟林建笙不是真凶有什麼關係？」

「為什麼一個人的字會變得潦草了？」我問。

「他在顛簸的路上寫的吧？」阿沁說。

「不，因為他傷了拇指。」我說。

「你怎知道？」

「先這樣說吧，」我從口袋拿出原子筆和我的記事本，打開一個空白頁寫上「開工」兩個字，「一般人寫字，會使用拇指、食指和中指夾住筆桿，來穩定筆的移動。」

我收起中指，再寫上同樣的字。

「如果中指受了傷，光用拇指和食指會不太方便，但仍能抓緊筆桿，只要善用虎口，一般人的筆跡沒大不同。」

我放回中指，提起食指。「如果傷了食指，光用中指和拇指仍沒問題。可是，如果傷了拇指的話……」

我把食指貼住筆桿，提起拇指，原子筆便像失去了舵手的小艇般左右亂擺。

「無論如何改變握法，沒有拇指便不能好好的握筆。林建笙是工地工人，傷到拇指這種小事很是平常。」

「單憑幾個字便認定他拇指受傷，好像有點一廂情願啊？」阿沁說。

我指著三月十六日。

「林建笙這天本來約了閻志誠打桌球，卻又取消了，這也是支持這推論的證據之一。『光明桌球室』這幾個字寫得工整，應該是受傷前寫的，可是拇指受傷後，連球桿也抓不穩，只好取消刪掉。」我說：「而且，這案子裡一個重要的物證便是林建笙的血掌印。那個掌印四根指頭清晰無比，唯獨缺乏拇指。雖然這可能是巧合，但更有可能是因為拇指受傷，下意識保護傷口，於是減輕拇指的用力甚至提起拇指，結果掌印少了一枚指紋。」

「就算林建笙拇指受傷，他仍可以用刀子殺人啊。」呂慧梅說。

「不，拇指使不上力的話，即使他能爬水管，也不能殺人。」

我回頭張望，想看看有沒有可以拿來示範的東西，在放電視機的架子上，我看到一把很精美的銀色小刀。這把小刀大約有一個手掌長，附有刀鞘，上面刻有一條中式的龍，刀柄則刻著一隻似是麒麟或獅子的動物。不知道是中東還是中亞的產品。

「這個我可以拿來用嗎？」我問呂慧梅。

「沒問題，那只是我以前在西藏買的紀念品。」

我拔出刀鋒，右手以一般的正握方法拿著小刀。

「這種握法，拇指只是輔助，貼著刀背或卡在刀柄跟刀刃之間也沒關係。可是，東成大廈的死者不是被這種握刀的手法刺死的。」我作勢把刀從下往上刺。「這種攻擊法只能刺中腹部，如果受害者跌倒地上，更是難以追擊。」

我把刀子換成反握，刀刃變了在尾指那一方。「一般擊中胸部以上的刺殺，都是用反握。因為從上往下攻擊，可以刺中受害人的頸部和胸部。」

「不過，以這種握法，拇指需要用力按住刀柄的底部。」我向她們展示拇指的位置。「如果不以拇指緊按，也可以用握拳的方法把拇指放在食指和中指旁，不過這種手法更難施力，拇指所用的力量比前者更大。驗屍報告指出，行凶用的刀子刀刃不太鋒利，可是每一刀也有十多公分深，這不是一個拇指受傷、單純以四根指頭握刀的人能做到的事情。」

「他可能用另一隻手啊？」阿沁說。

「當然有可能，但如果真的要殺人，或跟他人搏鬥，妳會不會用一隻不慣用的手來持刀，冒著刀子掉落被奪、反過來令自己不利的風險？」

「如果手指受了傷，那也是逼不得已啊。」

我笑了笑，說：「對，如果逼不得已便要用另一隻手——林建笙有什麼理由，不得不在事發當晚行凶？既然事前他已傷了手指，要用不習慣的手來握刀殺人，那他為什麼不待拇指傷癒才動手？他可是在得悉太太紅杏出牆的翌日才上門問罪，既然這也能忍個一天，又為何在幹殺人這種大事前不多忍一下？」

阿沁和呂慧梅沒作聲，怔怔地看著我。

我把刀子收回刀鞘，放回架子上，「再加上其他環境證據，我認為林建笙不是凶手。他只是個在錯誤時間出現在錯誤地點的倒楣傢伙。」

即使不是決定性的證據，我今天發掘的疑點大概足夠林建笙的辯方律師高興得歡呼——只不過林建笙根本沒有律師替他發言。

「這麼說來，東成大廈凶殺案翻案是必然的事吧。」阿沁說：「如果律政司不接受，我一定會撰寫一篇專題，讓真相曝光。」

「前提是，」我以冷靜的語氣說：「凶手沒有早一步幹掉我們，殺人滅口。」

阿沁吐吐舌頭。也許她現在才了解，知悉真相的我們已經跟呂慧梅一樣，成為閻志誠的目標。呂慧梅沒說話，只是默默地坐在沙發上，樣子變得很難看。或許對她來說，即使能抓到真凶，要再次面對六年前的噩夢，是一件非常痛苦的事情吧。

「呂女士，妳決定向警方求助嗎？」我問。

「……好吧。」呂慧梅說：「不過先等盧小姐收到同事的資料？我想知道這個閻志誠是怎樣的人，不然我也不知道該怎麼對警察說。」

我點點頭，繼續坐在沙發上。我們三人都沒說半句話，沉默就像瘟疫般蔓延，窗外的陽光愈是減退，內心的黑暗感覺愈是強烈。

「天快黑了。」呂慧梅亮著電燈，說：「不如播點音樂吧，好像太靜了。」

呂慧梅按了音響的開關，擴音器傳來一首我沒聽過的英文歌。

「哦？是大衛寶兒？」阿沁似是精神一振。

「盧小姐喜歡大衛寶兒嗎？」

「我是粉絲啊！呂女士也喜歡嗎？」阿沁走到呂慧梅身邊，看著架上的唱片：「妳還有《魔幻迷宮》[15]的電影原聲大碟！」

「我……有點兒啦。」呂慧梅有點吞吐，似乎應付不了阿沁的熱情。

我沒留意她們的對話，只偶然聽到阿沁在聊什麼「Ziggy Stardust[16]」、「戰場上的快樂聖誕[17]」之類。呂慧梅像是不太投入，這也難怪，試問誰能在憂慮自身性命安危下，還有心情跟只相識半天的陌生人談搖滾樂？

我坐在沙發上，讓音樂穿過我的耳朵，鑽進腦袋。時而尖銳、時而柔和、時而高昂、時而低沉，大衛寶兒的歌聲滲進我的身體。雖然大部分歌曲我也沒聽過，亦聽不出歌詞內容，但這時候我有種脫離現實的感覺，就像被他的歌聲帶進一個奇異的國度。

急促的電話鈴聲忽然響起，把我嚇了一跳，從幻想中回到現實。

「我想是找我的。」阿沁邊說邊站起來，走去接電話。

「喂，我是。呃、是老總嗎？我不是偷懶啊！今天一整天也在跑新聞……你不是說這個？怎麼了？……不，怎可能啊……對，我是沒帶手機，但……咦？……

15 《魔幻迷宮》：原名 Labyrinth，一九八六年奇幻電影，由大衛鮑伊主演。導演是 Jim Henson。

16 Ziggy Stardust：大衛鮑伊一九七二年創作的歌曲。

17 《戰場上的快樂聖誕》：原名 Merry Christmas, Mr Lawrence，台譯《俘虜》，日本導演大島渚作品，由大衛鮑伊、坂本龍一、北野武主演。

傳、傳真……」

阿沁從傳真機接過一張紙，卻沒說話，似乎是在查看內容。她突然把傳真紙揉成一團，對著電話吼道：「大飛那小子弄錯了啦！我要查的人不是叫『連志明』，是『閻志誠』啦！我就說是『閻王』的『閻』啊！一點小事也辦不好！我現在在元朗呂慧梅的家，跟今早約好見面的許友一警長在一起，你跟大飛說，叫他快給我查，否則會有大麻煩，搞不好會死人——會死人啦！」

阿沁重重的摔電話，我沒想到她對自己的上司如此不客氣。「我們繼續等吧。」阿沁逕自回到沙發。音響播出的歌曲中，突然傳來一句「You're face to face with the man who sold the world」，令我想起阿沁午飯時提起的歌曲。

「這便是大衛寶兒的那首歌？」我問阿沁。

阿沁坐在沙發，呆呆的看著我，沒有回答。

「阿沁？」我再叫她。

「啊？對，對，這便是那首歌。」她有點心不在焉，剛才她被總編輯狠罵了嗎？可是她的回答也很是不客氣吧。

在大衛寶兒的歌聲下，我們又一次陷於沉默。隔了好一會，我問呂慧梅：「洗手間……是在二樓嗎？」

「對。」

我踏上樓梯，卻看到阿沁跟著我。

「有事跟我說嗎？」我小聲的問道。也許她有些事情不想讓呂慧梅知道。

「不，」阿沁搖搖頭，「我想看看小安而已。」

我點點頭，繼續往前走。沒想到小安伏在樓梯旁，看來她一直在偷聽我們的說話。她一臉憂愁，抓住欄杆，一動也不動。

「有壞人要來傷害我們嗎？」

我走上前去，但阿沁比我快一步，牽著小安的手。「小安別怕，有姊姊在，妳媽媽也會好好的保護妳。」

小安眼眶泛紅，但也努力的點點頭。

「如果有壞人來，我們怎麼辦？」小安問。

「警察叔叔會保護妳們，」我裝出笑容，「也許有一段時間不能上學，小安便當作去旅行吧！」

小安搖搖頭，說：「我沒去過旅行。」

「媽媽沒帶妳去外國玩嗎？」我想起架子上的各國紀念品。

「沒有，我們連九龍也很少去。媽媽說外面不安全，等我長大了才去旅行。」

這樣的母親未免過度保護孩子吧？不過經歷過那種慘案，也難怪呂慧梅有這種反應。

「小安去陪媽媽好不好？」阿沁輕輕一拉，帶著小安走下樓梯。

我走進洗手間，解決後用冷水洗把臉，對著鏡子，我感到一陣無力感。今天發生太多事了。鏡中的我一臉倦容，兩眼無神，滿面鬍碴。我凝視鏡中的自己，有種陌生的錯覺。好累，好想好好休息一下。頭還是間歇性地疼痛。我拿出阿斯匹靈，卻想起阿沁的話，於是把藥瓶放回口袋。

我抖擻精神，伸手扭動門把，卻發覺木門沒法打開。剛才我打開門時已覺得這門鎖有點老舊，只是想不到一下子便卡死了。

「阿沁！呂女士！小安！」我隔著門大聲叫道。

「啊呀！」突然，從木門後傳來隱約的一聲驚呼聲。我認得聲音的主人是呂慧梅，聲音大概從客廳傳出。

「阿沁！呂女士！」我再大聲喊道。

庭園傳來一陣狗吠聲。

我突然想到最壞的發展——閻志誠已經潛進屋子裡，待我上廁所時卡死木門，再對付三個手無寸鐵的弱女子。

我用力踹門鎖，可是因為門是向內開的，我往外踢根本沒法打開門。我打開窗戶，看到二樓的高度，只好硬著頭皮，攀著窗沿，往下跳。

在草地上，我隔著一樓的窗子看到空無一人的大廳，心裡慌成一團。我走到玄關前，發覺房子的大門和欄柵的鐵閘也沒關上。

「阿沁！呂女士！小安！」一如所料，房子裡已經沒有人。我轉頭往小徑跑，卻沒想到眼前兩頭狼狗正低著頭怒目而視，似乎要向我攻擊。

「搞什麼！我要去救你們的主人啊！」我話沒說完，第一頭狼狗已飛身撲過來，尖牙迎面而至。我知道被牠咬住的話便萬事休矣，在千鈞一髮間我及時往右閃躲，避過牠的攻擊。可是，第二頭狼狗在第一頭落空時撲向我，我這次沒法閃過——

「嗚！」我在那百分之一秒間，剛好比狼狗的牙齒快一步，以右拳擊中牠的脖子。這一擊看來十分有效，不但令牠悲鳴一聲倒地，第一頭狼狗也像是知道我的厲害，沒有貿然前進。利用這空隙，我半跑帶爬的走出欄柵外，關好大閘，令牠們沒法追來。

「阿沁！呂女士！小安！」我沿著小徑往下奔跑，在路口看到阿沁的迷你 Mk V。車門打開了，但裡面沒有人。發生什麼事？阿沁掙脫了，往車子走過去，打開車門，卻被閻志誠逮到？但閻志誠應該沒有共犯吧？他如何一邊劫持著呂慧梅母女，一邊抓住阿沁？

我心亂如麻，但我知道這一刻最重要的是冷靜下來。馬路的另一邊有一道往下的小徑，我趨前一看，看到遠方有幾個人影。我不知道那是不是她們，但心想只好賭一次運氣，往那個方向追去。

當我一邊跑，一邊喊叫著她們的名字時，人影往小徑旁的石階梯走去。今早乘阿沁的車經過時，我好像瞥見那石階梯的盡處是一個陡峻的斜坡——犯人會被我逼得走投無路，可是萬一他打算跟阿沁她們同歸於盡的話……

我衝到斜坡前，發現她們，看來這次押對了。呂慧梅和小安都站在斜坡邊緣，只是……那景象令我不解。

「阿沁，妳在幹什麼？」

阿沁搭著呂慧梅和小安的肩頭，站在她們身後，似要把她們推下山坡的樣子。

在我面前十公尺外，只有阿沁、呂慧梅和小安三個人。

阿沁回過頭，看著我。在路燈照射下，她的表情十分恐怖，像是面對死亡般恐怖。

我倆之間的沉默，就像凝結了的空氣那樣令人窒息。

「阿沁，妳別亂來！」我拔出手槍，指著她。即使之前我們再要好，這一刻也不容我猶豫。只是，如果她不怕死，要跟呂慧梅母女共赴黃泉的話，就算多十個槍口對著她也沒作用。

「別過來！」阿沁轉身對著我喝道。

「阿沁妳有話先慢慢說，不用……」

我突然發覺情況有點古怪。阿沁她轉身對著我，呂慧梅和小安站在她背後，她們二人也沒有被綁上繩子或戴上手銬，只是戰戰兢兢的站在斜坡的邊緣。她們如果要逃的話，阿沁一定沒法阻止。

「你騙我！」阿沁對我吼叫道：「你這惡魔！」

「妳在說什麼？」我握槍的手微微放下，但仍保持著警惕。

「你利用我來接近她們！什麼失憶症、什麼 PTSD，一切都是謊言！虧我還這麼信任你，有那麼一刻覺得你可靠……」一行眼淚從阿沁臉上滑下。

我百思不得其解，踏前一步，問：「妳說什麼？我沒有利用妳啊！我也的確忘掉了這六年來的……」

「騙子！」阿沁大吼，伸開雙手像是袒護著身後的呂慧梅母女。「你的說話已經露出破綻！你記得我們找李靜如時，下車那一刻你說過什麼？」

「我說過什麼？」

「你問我，李靜如的店子是不是在朗豪坊附近！」

「那又如何啊？」我不理解她在胡謅什麼，只希望她冷靜下來。

「朗豪坊這大型商場是在二〇〇四年才建成的！如果你的記憶還停留在二〇〇三年，你不可能知道這新建築！」

我大為訝異，沒想過這一點。我明明覺得時間停留在二〇〇三年，但我同時也對朗豪坊這地標有印象——為什麼有這樣的一個矛盾？

「我……我是記得這名字吧！」我喊道：「朗豪坊又不是在二〇〇四年一天建好，在二〇〇三年之前發展商已公布計畫，我知道也不奇怪啊！」

「可是你還知道《Life on Mars》！」

「天啊，你說那是一九七三年的歌曲啊！」

「不是歌曲！是你說的電視劇！」阿沁大嚷：「是你先提起，說你看過這英國影集的！我剛才聽到音樂才突然想起，這部劇集是在二〇〇六年才拍攝！你不可能記得！」

我呆若木雞，沒法反駁阿沁的指控。我的確曾看過這劇集，而且還對角色和故事留下印象，我腦海裡還留下一個人躺在沙發，喝著啤酒看電視的片段……

「我、我……我不懂得解釋，但我就是記得，這也沒辦法啊！」我放下手槍，「就當我騙了妳，妳因為這些雞毛蒜皮的小事發什麼神經啊！」

「不用再裝了！我已經知道你的真面目！我不會讓你傷害呂女士她們的！」

我完全搞不懂。

「阿沁，妳說什麼？我怎會傷害呂女士她們？」

「我看到照片！你不要再裝了！」

我突然想起酒吧中的照片。我伸手往口袋一摸，照片還在。阿沁是什麼時候看到的？

「妳先聽我解釋！我瞞著妳是我不對，但我的確忘記昨晚見過閻志誠！」我忐忑不安，大嚷道：「就算我是個壞警察，我這一刻還是想做正確的事情！我一定會阻止閻志誠的！妳之後要告發我什麼，也沒有關係！」

阿沁一副痛恨的表情，咬牙切齒的說：「你還在胡扯！證據確鑿，不要再假扮什麼好人了！」

阿沁從口袋掏出一團紙團，向我丟過來。

我拾起紙團，攤開，發覺是剛才阿沁揉成一團的傳真。在昏暗的路燈光線下我看到上面的文字——「閻志誠　二十七歲　男性　特技演員／武師／替身」。

我的目光往上移，看到那幅肖像。第一眼看到時，只覺得一點點詫異，但那點詫異卻瞬間爆發成恐懼和不安，令我的雙手雙腿僵住，周圍也變得如夢境般不真實。

傳真的圖片都比黑白照更模糊，不過我也能認出這面貌。

是我的樣子。

「這……這是什麼玩笑啊！」我大聲呼叫：「誰這樣搞，把我的照片換了上去啊！一定是閻志誠把錯誤的資料傳給你們的出版社……」

「你為了佈這個局，花了很多工夫吧，『許警長』。」阿沁咬牙切齒地說：「剛才編輯部打電話給我，老總跟我說，有一位許友一警長跟他聯絡，今天一直在找我。老總說，許警長今早在西區警署等我，可是我十一點仍沒出現，於是他到大堂查問，才知道我已經來過，而且和另一位警員離開。大堂那位女警似乎不認識許警長，但她記得那個跟我離開的男人自稱是『許友一』。」

「怎可能？我明明就……」

「你還想裝到幾時！」阿沁大喝：「所有事情都揭穿了！閻先生，你不用再扮成許友一了！你說林建笙不是凶手的確是事實，這便是你拋出的餌，製造殺死呂慧梅的機會！你先在警署冒認許友一，跟著我確認呂女士的住處，再找方法透露當年凶案的真相，引我跌入陷阱。即使沒有林建笙的記事簿，沒有拳館的情報，你還是會找方法讓我知道真凶不是林建笙而是閻志誠你自己吧！於是你便可以藉保護呂女士為名，再一次來到這兒……你打算在晚上下手，趁我們不覺時下手吧？幸好我早一步想到找同事幫忙，調查一下閻志誠的外貌，否則我們現在只能任你宰割！」

「不、不對！」我焦急地說：「妳別被人騙了！看，我的警員證能證明我的身分，上面也寫著許友一啊！」

「那當然是假冒的！除非你能拿身分證出來，證明你才是許友一吧！」

「妳怎麼變得這麼多疑！」我氣急敗壞，掏出皮夾，單手從第五個間隔中抽出身分證。可是，我的動作只完成一半便停下，因為當身分證亮出上半部時，我已清楚看到名字的欄位。

閻志誠。

我沒有看錯，「閻志誠」三個工整的中文字歷歷在目。

肖像的位置也是印著我的容顏，是我在鏡子中看見的容顏。

我是……閻志誠？

我是六年前殺死鄭氏夫婦的閻志誠？

我握著手槍的右手，開始發抖。

「警察！放下槍！」突然一聲粗暴的么喝聲從背後傳來，我轉身一看，一道刺眼的白光直射在我臉上。我伸手擋在面前，從指縫看到兩個拿著手槍和手電筒的人影。

「快放下武器！」是第二聲么喝。

我的腦袋一片混亂。怎麼在短短數分鐘之間，我從刑警變成犯人了？這一定是夢境吧。沒錯，就像今早夢見的情況一樣。那些什麼凶手、受害人、警察統統都只是我的幻想，只要我睜開眼，他們都煙消雲散。我一定是太累了，才會作這樣的怪夢。我醒來後，把夢境告訴我的同事，他們一定會譏笑我想像力豐富。

我的同事……究竟是重案組的同事，還是特技演員組的同事？

大衛寶兒的歌聲從腦海中飄過。

——與你面對面的，正是出賣世界的人。

我的右手一揚，上天卻沒讓我多想半秒，只聽到「砰」的一聲，右邊胸口一陣灼熱，我整個人被衝擊力拋起，緩緩地降落地上。感覺消失前，我還握著手槍，可是我發現扳機和槍身連在一起，根本沒法扣動。

我的意識逐漸遠離……

「辛苦你了。」夢境中的女死者，再一次跟我說。

Oh no, not me
噢不，那不是我

I never lost control
我從來不會失控

You're face to face
與你面對面的

With the Man Who Sold the World
正是那個出賣世界的人

——大衛・鮑伊〈出賣世界的人〉
David Bowie, "The Man Who Sold the World"

片段五　二〇〇八年十月二十三日

「……阿閻！阿閻！」

在朦朧之間，閻志誠聽到有人喊叫。就像從漫長的夢境回到現實，他睜開雙眼，廣闊無垠的天空就在眼前。

今天不會下雨吧——這種無聊的想法在閻志誠腦海中閃過。他不知道自己為什麼躺在地上，只覺得全身的骨頭在痛，他摸摸額頭，發覺腫了一個包。

「阿閻！你沒事吧？」一副臉孔進入閻志誠的視野。閻志誠幾乎想叫對方讓開，不要阻礙他凝望灰藍色的穹蒼，可是他沒有說出口。對方的樣子似乎很是擔心。

「組長……發生什麼事？」閻志誠緩緩地說，嘗試用手撐起身體。

「別動！先讓醫生檢查！」組長向醫務員招手，再轉頭向閻志誠說：「剛才的搶背失敗了。」

閻志誠這時稍微清醒一點，想起之前發生的事——他們正在拍攝一場打鬥戲，閻志誠替一名反派當替身，跟主角對打，期間有一個動作是被主角揍飛，他要翻個筋斗、背部著地，然後再轉身逃開。場景是在一個遊樂場裡，故事描述主角阻撓恐怖分子交易，二人在雲霄飛車的路軌上打起來。

「我搶背失手了？」閻志誠覺得難以置信，畢竟搶背是他不可能失手的基本功。

「不是你失手，路軌有一段木頭斷裂了，你從上面掉了下來。」就在組長說話時，醫務人員趕至，為閻志誠進行檢查。

閻志誠漸漸找回失去意識前的印象。他當時被主角追捕，對方以踢腿擊向他後腦，他便做反應向前翻身著地。在寬度不足兩公尺的高台上做這些動作要很小心，所以組長派老練的閻志誠負責。

只是沒人想到老舊的木板受不住閻志誠著地的衝擊力，應聲裂開。閻志誠半邊身子懸空，掉落五公尺以下的地面。雖然地上有鋪安全墊子，但閻志誠在掉落時頭部撞到高台的支架，整個人凌空打了一個筋斗，還好落地時不是頭部先著地，在場的工作人員無不捏一把汗。

「我沒事……」閻志誠撥開醫務員的手，坐直身子。除了一點瘦痛外，他覺得沒有大問題。相比起去年讓他休養半年的骨折，這種意外只是小兒科。

工作人員看到他沒事站起來，一一喝采鼓掌。特技演員經常遇上這些意外，尤其是觀眾要求更危險的、更誇張的官能刺激，動作設計便愈來愈向極限挑戰。

「真的沒問題？要不要換人來拍？」組長看到閻志誠站起來，也不再緊張兮兮。

「不打緊，讓我再來。你今天也沒有第二個人選吧，難道你想叫阿正來演嗎？」閻志誠向旁邊的人拿過水壺，喝了一口。「不過先找人檢查一下木板。」

擔任武術指導的組長對閻志誠的工作態度很是感激，萬一動作場面出問題，導演怪罪下來便難搞了。

閻志誠拍拍身上的塵埃，向前來表示關心的演員裝出一個微笑，便回到高台上等待拍攝指示。

三個鐘頭後，所有拍攝工作完成，導演對結果很滿意，即使曾發生意外，過程尚算順利。

「阿閻哥，你去看看醫生較好喔。」阿正說。雖然入行四年多，他的動作還是不夠成熟，只能當一些不起眼的雜卒。

「我沒事，不用了。」閻志誠一邊脫下戲服，一邊說：「幹我們這一行，如果每次摔倒也看醫生，那一個月下來便要出入醫院七、八次。」

阿正點點頭。

「阿閻哥，我先走了，明天見。」換過衣服後，阿正從更衣室離開。

待在更衣室的閻志誠，回復他的沉默本色。當沒有其他人在旁時，他可以不用掛起他的社交偽裝。

不過，這些年來，閻志誠已開始不了解哪個才是自己。

在同事眼中，他是一個沉實、穩重、值得信賴的工作伙伴。即使不苟言笑，但不是難以相處的人。

然而閻志誠知道那只是虛假的、刻意構築出來的自我，是用來適應社會的自我。

是用來欺騙他人的自我。

面具戴得太久，人便會忘記哪個才是真面目。

閻志誠有時會想，以這種身分活下去未必是壞事。只是，那些討厭的回憶總會一再出現，讓他知道活在陰影中的自己才是真實的自我。

離開片場後，閻志誠駕車往灣仔。

「阿閻！這邊，這邊。」閻志誠剛走進酒吧，便看到許友一在右邊的角落，手執一瓶啤酒。

「抱歉，遲了一點。」閻志誠堆起親切的笑容，坐在許友一對面。

「你要的東西我給你找來了。」許友一放下酒瓶，給閻志誠遞過一個公文袋。

高等法院紀錄、死因裁判庭紀錄、民事訴訟紀錄……

全部都是跟東成大廈案相關的。

「謝謝。」閻志誠把文件收下。

「另外，有一件事我想你有興趣。」許友一掏出一張名片。閻志誠一看，發覺上面是一間電影製作公司的名字。

「這是什麼？」

「他們有一部新作正在籌備，正在找演員試鏡。」

「我只是當替身的特技演員。」閻志誠嘛嘴笑道。

「你知道他們開拍的題材便會有興趣了，」許友一露出神秘的笑容：「是『東成大廈血案』。」

閻志誠心頭一凜，直瞪著許友一雙眼。

「阿閻，你的樣子不差，體型又不錯，與其一輩子當替身，不如試試當正式演員吧。」許友一啜了一口啤酒。

「你怎麼有這名片的？」

「我剛巧有認識的人在那公司工作，他們知道我曾是調查人員之一，便邀我當顧問。」許友一摸了摸下巴，說：「所以如果是我介紹的話，只要試鏡不太糟，你九成能參與演出。」

閻志誠默不作聲。他並不是因為這個機會感到興奮，或是在考慮自己該不該轉型當演員，他正在想的只有一件事。

——他們要把事件重演？他們要讓社會再一次公審林建笙？

「還好老黃去年退休，新上任的馬組長較易說服，不然我也沒法得到上司批准當劇本顧問……喂，阿閻，你有沒有聽我說？」

閻志誠從沉思中回到現實。

「有、有。什麼時候試鏡？」

「呵，你果然有興趣吧！」許友一咧嘴而笑，「時間是下星期三，我明天先替你打個電話交代一下，你便放心去試試……」

閻志誠感到一陣反胃，但他沒表現出來。

他沒想到，林建笙死後，還會再一次被釘上十字架。

無論如何，他要在場親眼看看那些愚昧的傢伙如何把罪名推給林建笙。

他亦感到，自己要盡快實行計畫，不能繼續拖拉下去。

第六章

當我清醒時，我只看見白色的天花板，紋理重複又重複地排列在我的眼前。我好像作了一個很長的噩夢，內容很詭異，夢裡我被當成另一個人，而這個人更是我一手揭發的殺人兇手……

「您醒過來啦。」一個戴著護士帽，架著圓形眼鏡的女性臉孔，入侵我的視線。這刻我才發覺，我身處一個病房之中，手臂插著點滴，額頭纏著紗布，右邊肩膀發麻，沒有任何感覺。

「我……」我想坐起來，但全身乏力。

「你別亂動，」護士輕輕按住我，說：「你剛做完手術，麻醉藥未退，要好好休息，否則傷口會裂開。我替你叫醫生來，你等一等。」

我側著頭，看著護士從房門離開。這房間應該是一間私人病房，環境很整潔舒適。窗簾都被放下來，不過從布簾之間，我能確認外面還是晚上。牆上有一個圓形的時鐘，指著十二時十二分，我想現在應該不是中午十二點吧。

「咿呀」一聲，房門再次打開，有四個人走進來。最前面的是一個穿著袍子、滿頭花白、看來像醫生的老頭，然後是一位五、六十歲的紅髮西方女性，她身後是一位留著落腮鬍、穿便服的胖漢。

而當我瞥見胖子後面的男人的臉孔，我不由得大叫出來。

「閻志誠！」

短髮、粗眉、國字臉，就是昨晚和我並肩拍照的男人。

「陸醫生，不是說動了手術便會好嗎？」閻志誠向老頭問道。

「恢復功能要一點時間嘛。」那老頭掏出筆形手電筒，向我雙眼照射，露出滿意的笑容。「好，暫時看還沒有大問題。」

「怎麼了？你是醫生嗎？做什麼手術？這兒是什麼地方？阿沁和呂慧梅她們怎麼了？」我不假思索地作出一連串的發問。

「你忘了問一個最關鍵的問題，」閻志誠說：「你應該問你自己是誰？」

我是誰？

「我不就是許友一嗎？」我嚷道。

「如果你是許友一警長，那我又是誰？」閻志誠拿出證件，放在我眼前。

左上角寫著「香港警察 HONG KONG POLICE」，右上角是「委任證 WARRANT CARD」，右下方是藍色底色的照片，左方印著「許友一 HUI YAU-YAT」，以及「警長 Sergeant」。可是照片中的人物不是我，而是這個外表幹練的短髮男人。

「你……」我沒法說出半句話。

「我才是真正的許友一，」他收起證件，「而你，是閻志誠。」

「不，我是許友一！才不是閻志誠！我雖然忘掉了幾年的事情，但沒忘記自己的身分！」我大聲咆哮。

「這位是陸醫生，」自稱是許友一的男人指著那個白袍老先生，「他會向你說明你的情況。」

陸醫生把一張有 A3 大小的底片放到燈箱，再按著開關，我赫然看見一個像是腦袋的切面圖。他指著底片上一個白色的陰影，說：「閻先生，我們發現你的

BA10區曾因為撞擊而出血，這幅MRI結果顯示瘀血的分布……啊，抱歉，我應該用你聽得懂的方法向你說明。我們替你進行了核磁共振成像，發現你的布洛德曼第十區、即是前額葉皮質區的額極區以及周圍曾因為撞擊而出血，出現慢性硬腦膜下血腫。還好血腫只在硬腦膜之下，如果再低一層在蛛網膜下出血，手術的風險便大得多。你的腦部手術相當成功，我們已鑽孔引流消去血腫，接下來只要每三至五天重複沖洗，便會完全康復。你這麼年輕，血腫復發的機會很低。」

「腦部手術？」我唯一聽懂的只有這四個字。

短髮男人插嘴說：「簡單來說，因為你撞到頭，腦部內出血，瘀血壓著神經，令你的記憶錯亂，把自己當成許友一——即是我。」

「怎……怎可能！」

「一般來說可能性不大，但在你身上，卻集合了構成這個可能性的元素。」陸醫生說。「首先是慢性硬腦膜下血腫。你幾個月前應該曾撞到頭，但你沒有察覺，或者該說你沒有因為這種小事而去醫院檢查……撞到頭其實可以導致很嚴重的後果，例如腦室內出血……」

「我曾撞到頭？」我毫無記憶。

「我剛才調查過，你的同事說你去年十月曾撞到頭，不過當時你沒求醫，還繼續拍攝工作。」「許友一」插嘴說。

「慢性硬腦膜下血腫的形成過程非常緩慢，一般在患者傷後三星期才出現病徵，有些人更會在幾個月甚至一年後才發作。硬腦膜下血腫會導致患者頭痛、噁心、出現智力障礙或神經功能缺失——包括失憶。」陸醫生兩手插在白袍的口袋，一臉輕鬆地說：「你的情況只算是輕微，屬於第一級的病況，意識清醒，只有輕微頭痛和輕度神經系統失調。如果是第四級的話，你已經陷入昏迷了。」

陸醫生走到燈箱前，指著底片說：「不過，你出血的位置剛好在前額葉的BA10區。由於血腫影響這區域的大腦活動，於是令你出現神經系統的毛病。我們今天對BA10區仍不太了解，只知道跟它負責提取『情節記憶』——即是一個人對自己過去的自傳式回憶——有關，以及部分邏輯思考的運用。根據我的推測，血腫令你無法取得完整的自我記憶，只令你得到部分片段。不過你不用擔心，因為BA10區只是負責『提取記憶』，並不是『儲存記憶』，所以數天甚至數小時後，你便會漸漸記起你自己的身分。」

「等等，我是忘掉了一些時間，但我清楚記得自己是許友一啊？」我緊張地說。到現在，我還是覺得我只掉進某個陰謀之中，被面前的四個人設計。

「這是因為你有另一個精神科的疾病。」紅髮的女性開口道。我沒想過這位西方人能說出流利的廣東話。

「妳是誰？」我問。

「我叫白芳華，是個精神科醫生，」白醫生微笑著，但眼神流露著不安，「是你五年前的主診醫生。」

「妳是我的醫生？是那位指導我應付 PTSD 的那位醫生？」

「原來你有應用我的指導？」白醫生的樣子變得有點高興。她說：「你現在記不起我的樣子？」

我搖搖頭。

「但你記得我教過你的？例如突然因為焦慮感到呼吸困難……」

「先閉上雙眼，深呼吸，把腦袋放空，待心跳緩下來才慢慢張開眼。」我接著說。

白醫生滿意地笑著，縱使我不知道她滿意什麼。「這樣子，更可以證明你的記憶系統出現毛病。人的記憶分成情節記憶和程序記憶，前者是針對過去曾經歷的事物、見過的人、到過的地點、當時的想法和情緒，而後者針對的是學習過的、技能性的知識。一個情節記憶出毛病的機械師會忘記他學過什麼，但只要讓他打開引擎蓋，他便會懂得修理車子；相反一個程序記憶有問題的機械師會記得他當學徒的經歷，但面對車子的零件，他會發覺無法運用曾學過的知識。」

「但我沒有懷疑過自己是誰……」

「如果你真的是許友一，又如你所說你只忘了六年間的事情，那麼你記不記得入職的經過？在警察學校的片段？甚至很簡單的問一句，你為什麼要當警察？」

我答不出來。即使我再努力回想，也沒法抓住那些過去。

「部分 PTSD 患者會出現一種特徵——『解離』。」白醫生說：「為了應付痛苦的過去，刻意製造一個身分，以抽離的角度去面對創傷。有研究指出，PTSD 患者大腦中的海馬體會變小，而海馬體是負責記憶的主要器官，你現在的病況也許跟這個有點關係。雖然有少量個案，PTSD患者出現人格分裂，但你並沒有。我認為你只是以解離作為手段，去適應這個社會。」

「問題是你因為患上腦硬膜血腫導致記憶受損了。」陸醫生插嘴說：「一般人大概會因為這情況而發覺自己失憶，不過你平時已習慣忘記本來的自我，令你無法警覺記憶受損帶來的空白。人類的大腦是很奇妙的器官，當我們看到彩虹，便會聯想到之前曾下雨，當我們看到破碎的玻璃窗和石子，便會聯想到有人擲石頭打破窗子，我們無時無刻會『填補』大腦中的空白。」

「於是，閻志誠你就把一些瑣碎的記憶填入空白裡，誤以為自己是許友一了。」白醫生說。

我感到一片混亂。

「慢著！我把自己當成一個虛構的人物也罷，一個人有什麼可能會以為自己是另一個仍存活在世的人？何況我還對許友一的生活有著確實的記憶，更有許友一的警員證！即使我眼花看錯也好，其他人也沒理由沒發覺啊！」

許友一嘆了一口氣，拍了拍旁邊的留大鬍子的胖男人，說：「你跟他說吧。」

「阿閻，你認得我嘛？」他問。

我搖搖頭。

「我是莊大森啊。」

莊大森……？阿沁提過的那個導演？

「哎，你的情況真是很嚴重，我太過意不去了。」莊大森坐在旁邊一張椅子上。「阿閻，你叫閻志誠，是一位特技演員，我看你外型蠻適合的，所以讓你在我的新電影裡擔任一個小角色。這個角色便是許友一。」

我呆然地瞪著他，搞不清楚他在說什麼。

「許友一是個角色？那他又是誰？」我問。

「我正在拍攝以東成大廈血案為藍本的電影，描述西區重案組六年前調查時所遇上的種種困難，最後凶手於車禍中喪生的悲劇故事。為了增加真實感，我決定使用真實人物的名字和身分，主角林建笙由剛成為影帝的何家輝主演，緝捕他的重案組指揮官黃柏青督察，則由李淳軍飾演。而你便是演當時的重案組新人許友一警長。」

「我和你相識了四年多，」許友一說：「你這差事也是我介紹的，為了這工作你還不斷問我的生活習慣，以及東成大廈凶案的細節。你向我學習刑警工作的手法，像是出示證件、拔槍的手勢、把資料記在記事簿等等，有時我也懷疑你為什麼要學習到這個地步，就像真的要成為刑警似的，那不過是個小配角啊。說起來，你為什麼把道具警員證和手槍帶出來了？是為了練習嗎？」

我腦海中突然閃過一道閃光，他的話好像讓我記起一些事情。

「我聽過有些演員說拍完電影後會無法抽離角色，」莊導演以沉穩的聲調說道：「不過像你這種情況還真是罕見，就像最不幸的元素同時集中在一起……而且你過度投入去演這個角色吧？有些演員把演繹角色和自己本來的身分比喻成開關鈕，你現在便是按著了開關，卻因為意外而不知道這個開關鈕的存在。」

「我從盧小姐那兒得知你今天『調查』的經過，」許友一說：「跟兩位醫生和莊導演交換意見後，才明白事情的來龍去脈。據說你以為自己失去了六年的記憶吧？其實不是，你只是錯誤地把演出時的身分和記憶替換成現實的身分和記憶。」

不知道是他們的說話有足夠的說服力，還是正如陸醫生所說我的大腦功能漸漸恢復，我接受了他們的說話，腦袋也愈來愈清晰。

如此一來，阿沁提出的反駁便能解釋，例如我為什麼知道朗豪坊商場、為什麼看過《Life on Mars》，因為我並不是失去六年的記憶，而是把角色所處的、虛構的二〇〇三年當成真實，結果造成奇妙的落差。

我在影城的行動也變得相當無稽。我現在才發覺，洪爺說的那個穿灰色外套的人正是我自己，他是認識我所以才熟絡地稱讚我的身手了得。最荒謬的，是我偷偷摸摸地打開自己的貯物櫃，調查自己的物品！搞不好那時在我身邊走過的人、遇上的人，其實都認識我？

可是，那麼說，我便是東成大廈案的凶手？

我殺死了鄭氏夫婦，讓林建笙背上污名，含冤而死？

我感到一陣暈眩。

「我……許警長，」我問：「阿沁……有沒有告訴你我所作出的推理？」

「你是指你才是真凶的推理嗎？」許友一突然板起臉，認真地說。

「是的……」

「你的推理很合理，所以我們會逮捕你。由犯人推理出犯人，真是前所未聞。」

我竟然曾是這樣的一個惡魔。

我竟然曾殺死一對跟我無仇無怨的夫婦，女死者還懷有身孕……

「喂，你不是相信吧？」許友一突然亮出笑容。「看你一副認真煩惱的樣子，你就應該知道你不是真凶啦。」

「咦？」我愕然地看著許友一。

「你不是犯人吶，」許友一笑著說：「根據紀錄，六年前案件發生後，警方已調查過你，事發當晚你正在為一部電影當特技替身，通宵工作，有超過三十人可以替你作證。如果你那樣子也能殺人，你就不用當演員，改行去當殺手吧。」

「可是，林建笙的記事簿明明寫著我們約了當天見面……」

「唉，你怎麼這麼多疑啊！」許友一掏出一份文件，一邊翻開一邊說：「二〇〇三年三月十七日，閻志誠供稱本來跟林建笙有約，因為電影拍攝延期的關係，所以早上十時致電林建笙，取消約會。」

他把文件放到我眼前，說：「你知道嗎，其實當年已有同僚調查過你，當時我是組裡的菜鳥，跟進屍體、驗屍報告這些嫌惡性工作都推給我，證人調查我只有看的份兒。那時候調查的對象太多，我也是剛才聽過盧小姐的說法後，翻查紀錄才發現你的名字在裡面。說起來，原來你認識林建笙啊？難怪你一直向我查詢這案子的資料。」

「我……我沒有利用你嗎？」這個問題有點古怪，但當我還以為自己是許友一時，便推論出閻志誠賄賂許友一、獲取內部消息的結論。

「利用什麼？」許友一反問道。

「像是利用你拿取秘密的調查紀錄……」

「沒有啊。」許友一從容地說：「都已結案多年，很多資料公開也沒有司法上的考慮，更何況我得到上司批准當劇本顧問，能公開的都是合法的調查紀錄嘛。你去年倒問我拿過那案件的法院判決書，不過那些東西都是公開的，普通市民也能取得，我只是替你列印整理罷了。」

「但我手上有一本記錄了案件資料的記事本……」

「我剛才說過，你在學習刑警的手法嘛！那是你自己寫的東西。雖然我不明白你為什麼要模仿到這程度，莊導，我這個角色不需要這種演技吧？」

「沒有，我反而加入了兩場打鬥，阿閻身手這麼好，不用一下有點浪費。」

「你又臨時改劇本了？你不是要『許友一』跟『林建笙』對打吧？我又沒學過功夫。」

「電影講求娛樂性，加一兩場打鬥觀眾較喜歡，老闆也較受落……」

「等等！」我打斷他們二人的對話。「就算記事本是我自己的，我為什麼跟你有五萬元的金錢糾葛？這不是賄款是什麼？」

許友一怔怔地瞪著我，然後一臉恍然大悟：「啊，你是說杯墊上的帳戶號碼。」

「就是那個！我跟你之間一定有什麼交易吧？」

「你欠我五萬六千八百八十八元。」許友一輕鬆地說。

「什麼？我向你借錢？」

「不啦，說起來還好你沒一直失憶下去，否則我見財化水了。」許友一一副失笑的樣子：「昨晚利物浦贏曼聯、富勒姆贏博爾頓、侯城賽和紐卡素、米德斯堡逼和樸茨茅斯。」

我一臉不解。

「英超啦！英格蘭超級足球聯賽啦！」許友一說：「四場賽事過關賠率分別是四倍、三點五、三點三和三點一，我難得『過四關』啊！下注四百，便贏了五萬多，我這回眼光夠準確吧，連曼聯輸給利物浦也押中。」

「那是足球博彩的彩金？」

「我昨晚約你去酒吧看足球，本來我說要出去投注，你說你有電話投注帳戶，於是便用你的手機下注了。」許友一聳聳肩，「完場後，你本來說用電話轉帳把彩金給我，但你的手機碰巧沒電，於是我便把我的帳號寫在杯墊上給你。」

「那真的不是賄款嗎？」我仍存有一絲疑惑。

「天哪，你想想，哪裡有人會用五萬六千八百八十八元這個零碎的數字當賄款的？新年紅包嗎？我叫你轉五萬五便好，那千餘元當作給你的紅利，你這傢伙還死心眼的說什麼不是自己的錢不接受。」

「你不是『黑警』？」

許友一皺起眉頭說：「我是白得不能再白哪！這些年來規行矩步，從沒行差踏錯，即使被同僚排擠也吞聲忍氣，我的一位前輩臨死前就教訓過我，當警察要忍，不要強出頭。我本來下個月有升級試，不過看來要泡湯了。」

「為什麼？」

「不就是因為你囉！你今天這麼一搞，我的個人紀錄便一團糟了。如果你我不認識還好，但你是我的朋友，你捅的樓子我便脫不了關係。」

朋友……這個詞語令我心頭一震。

「不過這也是命運吧。」許友一苦笑道。「但求不要降級回去當巡警便好了。」

「我……真的不是兇手嗎？」我再次狐疑地問。

「不是啦，」許友一接著說：「唉，反正升級無望，我也不妨說出來。警方的報告有一項沒公開——東成大廈隔鄰的銀行設有自動提款機，提款機的死角安裝了隱蔽式的監視攝影機，因為涉及銀行保安所以不能公開。攝影機當晚只拍攝到跟林建笙外型吻合的男性走進及離開東成大廈旁的死胡同，能從那兒爬外牆到現場行兇的，就只有留下指紋和腳印的林建笙。」

我愕然地看著許友一。

「你的推理也蠻有意思，可是跟現實不符啦。」許友一說。

我有點失落。或者是因為我一直認為自己是刑警，才會主觀地認定某些事情的推論？我根本不是什麼偵探，只是一個用勞力換取金錢的武師罷了……

「那些照片……」我突然想起貯物櫃中的照片：「為什麼我會找偵探社調查呂慧梅母女和李靜如？」

「這個我們就不知道了，或許你為了演出，想多了解一下案件的關係者吧。」莊導演說：「不過，有時我也覺得你太投入了，像早幾天，你因為劇本而跟編劇發生爭執，說劇情有漏洞，凶手不應該是林建笙……搞不好那時開始你已經病發，把自己當成許友一，主觀地認為閻志誠或第三者是真凶吧。昨天你還發飆，補拍完最後一幕時，你仍嚷著林建笙不是犯人，說是什麼『刑警的直覺』，連穩重的李淳軍大哥也忍不住出聲責罵你。」

——菜鳥給我閉嘴。

我好像弄懂某些記憶中的片段了。

「我想，你有好一段時間不能工作，再加上肩膀的槍傷……」莊導演搖頭嘆息。

「這是不幸中之大幸啊，」許友一插嘴說：「你算走運了，子彈只擦過鎖骨，沒打中肺部，否則現在要跟閻王報到。」

活著……真的好嗎？

我漸漸記起過往的事情，包括我的過去、我的創傷、以及我的計畫。

「我的推理……真的全部錯誤嗎？」我問。

「BA10區也涉及憑知識和記憶推論出猜測和決定的功能，你之前這部分的功能受損，你以為合理的推論也可能只是錯覺。」陸醫生說。

「總之，事情告一段落了，」許友一說：「這次的事件只是意外，受傷最重的是你，可是你也不能埋怨任何人吧。」

「其他人受傷了？」我詫異地說。

「盧沁宜小姐在逃走時——就是她以為你是兇手，要殺害她和呂慧梅時——扭傷腳踝和撞到頭，現在還在這醫院裡，要留院觀察一晚。鄭詠安也被嚇到了，醫生建議她最好留下來看看，明天才出院，呂慧梅正在陪伴她。她們在五〇六和五〇七號病房，她們都知道真相了。」許友一以拇指往身後指了指。「說起來盧沁宜這個女記者真猛，當她收到傳真，以為你是為了接近她們而扮成我時，她竟然在你面前直接向總編輯求救，把你關在廁所，又帶呂慧梅母女逃跑，車子碰巧拋錨還敢在山頭亂走，跟你對質時又不住拖延，期望總編輯明白她的話中話報警求助。她更曾考慮跳下斜坡保命，逃避你的『追捕』……還好她們沒有做啦。」

「我要好好考慮告訴道具組，以後準備的警員證和手槍別弄得太像。我沒想到竟然連真正的警察也把道具證件當真。」莊導演喃喃地說。

「是我們警署的新人太笨吧！我已經跟她的上級報告，看來她要寫一份麻煩的檢討書。」許友一笑著說。

「阿閻你放心，我會替你爭取電影公司的保險賠償。這大概算是工傷吧？」莊導演說。

我點頭裝出微笑。我回憶起那副應付社會的面具，以及面具下的我。

不過我感到自己的笑容有點不自然。就像有點什麼被破壞掉，令我無法像以前般輕易披上偽裝。

我感到內心被某種力量動搖。

沮喪、無力。陰沉的感覺慢慢浮現。

我想起呂秀蘭的死狀。

那個夢只是想像吧，畢竟我沒親身到過現場，沒親眼看過屍體的樣子……

「許警長，我想問問六年前你看到鄭氏夫婦的屍體時，有什麼感想。」我問道。

「還有什麼感想的？不就是噁心囉。我還看過完整的驗屍過程，法醫詳細記錄死者的特徵、對照死者的資料，我便在旁邊看足三個鐘頭，真見鬼。」許友一皺起眉頭。「凶手真是殘忍，往孕婦的肚子亂刺。當年我是最早查看現場的重案組組員，呂秀蘭倒在臥房正中，掩著肚子似是要保護胎兒似的，鄭元達死在客廳正中，兩具屍體都大剌剌的躺在地板上流血，真是……」

「鄭元達死在客廳？他不是保護著妻子，倒在她身旁嗎？」

「那只是電影的版本罷了。」莊導演說：「編劇提議說，這樣的安排會更讓人感受到凶手的殘忍，營造故事的張力。」

鄭元達不是在妻子身旁？

那種不協調感又一次浮現。

「屍體……屍體有沒有被凶手移動？」我問。

「鑑識科說沒有。」許友一說：「不過坦白說，那天現場蒐證有夠倉卒的。」

「倉卒？」

「因為死者是孕婦。」許友一若有所思地說：「即使女死者已沒有生存跡象，救護員還是要盡快送死者去檢查，因為母體死去，胎兒存活的例子不是沒有。不過這案件中沒有出現奇蹟。」

蒐證倉卒？換言之，因為發現決定性的血掌印，於是沒有詳細重組現場所有證據？

「你仍在想案情嗎？你還是安心休養吧，這案子六年前已結束啦。明天會有警員替你錄口供，你今晚好好睡一覺。」

在許友一四人離開病房後，我瞪著天花板，把今天一整天的經過重新回憶一次。在車子上醒過來，跟阿沁相遇，到訪呂慧梅的家，作出第三者比林建笙更早潛入鄭宅的錯誤推理，查訪李靜如，得到林建笙的記事簿，到拳館找尋自己的線索，到影城發現呂慧梅的照片，在呂慧梅的家被阿沁誤會，在山坡上被槍擊……

我每回想一次，我便愈記得以前的事情。

我是閻志誠，是個孤獨的、虛偽的、像行屍走肉的廢物。

我連六年前三月三十號的事情也想起來。

——「阿閻！是我！你先聽我說！我沒有殺人！真的！」

——「我現在在新界的一間村屋……暫時安全，但我想我的樣子被人看到了……」

——「人不是我殺的！我只是打算等早上那混蛋上班時，打他幾拳教訓他罷了！那個管理員把我趕走，我便躲進後巷裡監視那傢伙的家囉！」

——「我是有攀水管走進那個地方，但我沒有殺人！阿閻！你一定要相信我！我只是聽到奇怪的叫聲，覺得不對勁所以爬上去看看而已！怎知道房間裡只有一大灘血……！」

——「不是我幹的！我向天發誓！阿閻你一定要幫我，我蹲過這麼多年苦窯，條子恨不得讓我頂罪，乾淨俐落！相信我，條子都不是好人……」

——「我可以在你家避風頭？謝謝！好，我現在就過來……」

結果那天我等不到林建笙，他來我家途中遇上警察，然後……

他死在我面前。

就像我的父親一樣。

片段六　一九九四年十二月三十日

「爸爸，剛才你好帥！」

「你看到哪個是我？」

「抓住繩索撞破玻璃窗，再轉身開槍那個特警便是你吧！」

「我戴了面罩你也認得出來，好傢伙！」

「你們兩父子心有靈犀嘛。」

在電影院外，十二歲的閻志誠愉快地跟父親邊走邊聊。他跟父親和「阿姨」一起看電影——閻志誠父親收入微薄，加上工作時間不穩定，父子之間相處的機會不多。閻志誠的母親在閻志誠四歲時病逝，之後便父代母職。閻志誠年紀很小便學會獨立生活，他知道父親工作忙碌，分心在家庭裡只會危害工作，為了減輕父親的負擔他不得不學會照顧自己。

在閻志誠眼中，父親是個偉人。雖然父親只是一位沒有正式演出機會的替身演員，但他經常向同學炫耀，每當父親在電視或電影中參與演出，他便跟同學說「那一幕主角不敢演的危險動作，是我爸爸代替完成的」。即使薪水不多，閻志誠覺得父親的職業非常厲害，比科學家、太空人、探險家更厲害。

「我們現在去吃飯嗎？」閻志誠問。

「阿姨準備了火鍋材料，我們回家『打甂爐』[18]。」

「好耶！」

「阿姨」是父親的女朋友，交往了兩年多，閻志誠很清楚他們的關係。母親逝世多年，父親要找個伴他不會反對，而且這位阿姨很溫柔，閻志誠覺得如果能成為一家人也很不錯。

「阿姨，妳準備什麼時候嫁給爸爸呀？」在熙來攘往的大街上，閻志誠突然轉身問道。

父親和阿姨沒料到這小鬼有此一問，二人怔住，相視一下，再露出笑容。

「志誠，本來我想在吃飯時才說的……」父親搭著閻志誠的肩膀，說：「我們決定明年二月結婚。」

「咦？」閻志誠先是錯愕一下，沒想過玩笑話會成真，但隨即展現笑靨。「好啊，你們兩個瞞著我，我得好好準備一下……」

「呸，你這小鬼頭裝什麼大人，你有什麼好準備的！」父親啐了一口，臉上仍掛著笑容。

「婚禮有很多東西要處理嘛，例如喜帖啦、酒席啦……」

「這些事情我來處理就行了。」阿姨對閻志誠說。

「不啦，阿姨，妳是新娘子，新娘便要有新娘的樣子。」

閻志誠的一番話，把父親二人逗得大樂。閻志誠的父親很感激上天賜給自己一個懂事的兒子，即使妻子走得早，孩子仍健康地成長。

「其實……志誠，我們還有一件事情要告訴你。」阿姨突然說。

「阿萍，這麼早就說出來？」

「我相信志誠會理解的。」阿姨回頭說：「你要當哥哥了。」

閻志誠嚇了一跳，他沒想過父親竟然是「奉子成婚」。不過他很快恢復平常

18 打甂爐：即廣東式火鍋。

心，父親和阿姨年紀不輕，要生孩子還是早一點好。

「恭……恭喜！」閻志誠再次裝出大人的語氣，說：「所以我就說，阿姨妳別費心婚禮那些雜事，到時妳大腹便便，還是讓我替妳辦。」

「到時也不過四個月身孕，還不至於『大腹便便』啦。」阿姨臉上浮現紅暈，有點不好意思。

「看，」閻志誠指著前方一間商店的櫥窗，邊跑邊說：「我們要準備像這樣的嬰兒床，還有……」

閻志誠沒料到，在這一瞬間，只是身後幾步之遙，父親和阿姨被一輛貨車壓住。

連煞車聲也沒有發出，貨車便衝上行人道，沒有先兆下，把路人一個一個撞倒。貨車車頭撞進一家賣小吃的商店，火爐和瓦斯罐嵌進車子的殘骸中，斷裂的喉管冒出藍色的火焰。

「志……誠……」

閻志誠呆在當場，他看到父親上半身夾在車輪和食店的櫃檯殘骸之間。當他聽到父親的呼喊，他才想到要救父親出來。

「爸爸！阿姨！」閻志誠衝前，但有一條手臂緊緊把他抓住。

「別去！」粗魯的男聲從閻志誠身後傳出。

「放開我！我要救我的爸爸！」閻志誠歇斯底里地大嚷。

「瓦斯罐快要爆炸了！別去送死！」

「爸爸！」閻志誠用力想掙脫男人的束縛，但一個十二歲的小孩沒有這麼大的力氣。

「志……誠……」

就在這一刻，石油汽罐發生爆炸，貨車陷入一片火海。

父親就在閻志誠眼前活活燒死。

這不是特技，並不是電影。無論多危險的動作也能完成的父親，敵不過無情的火焰，在發出哀嚎之下喪命。

閻志誠幾乎沒有哭，他只是被這個光景震懾。

父親死了，阿姨死了，阿姨肚子裡的孩子也死了。

近在咫尺、伸手可及的幸福消失了。

因為沒有親戚收留，閻志誠住進一間兒童之家。自從父親死後，他再沒有笑過。

但他也沒有哭過。

就像感情被剝奪，他只餘下一副空殼。

對一個不到十三歲的小孩來說，這遭遇實在殘忍。然而因為社會資源不足，閻志誠沒有得到充分的精神治療。

不過他也覺得自己不需要治療。

那天是他提議去看電影的。閻志誠認為，如果自己沒提出意見，父親和阿姨便不會經過意外現場。

殺死他們的並不是那個司機，而是自己。

自己要負責任。

「閻志誠，你有訪客。」某天，兒童之家的職員到閻志誠的房間，跟他說。

閻志誠入住宿舍後，除了處理賠償和遺產的律師外，沒有人來探望過他。他正奇怪訪客是誰，沒想到在大廳坐在椅子上的，是那個男人。

那個抓住自己，阻止他去拯救父親的男人。

「嗨，我從警察那邊打聽到你進了這兒，所以來看看你。」

「你當時為什麼抓住我？」沒有打招呼，閻志誠一開口便這樣問道。

「因為你會死啊。」

「為什麼不讓我死？」

「哪有為什麼的？你這小鬼怎麼問這樣的鬼問題？人就是不應該去死！人就是要活著！」男人提高聲線，大廳中其他人紛紛對他行注目禮。

「那我現在沒死，行了吧？」閻志誠站起來，轉身準備離去。

「小鬼！老子只是有點放心不下，你這種態度算什麼？」男人惱羞成怒，「你老爸看到你這樣子，他真是死掉也不瞑目！」

「別提我爸爸！」閻志誠反過來大吼。

二人不歡而散。出乎意料，男人隔了一個月又來宿舍找閻志誠。

「臭小子，不是還好好的活著嘛。」

「看完了嗎？你可以走了。」

男人每個月也會來宿舍一次。閻志誠在學校沉默寡言，沒有相熟的同學，宿舍裡更是沒有朋友。這個粗魯的男人變成他唯一可以發洩的對象。

也是唯一可以溝通的對象。

「其實你每個月也來一次幹什麼？你很無聊嗎？」有一次閻志誠問道。

「老子有空，來看看你要你批准嗎？」

雖然閻志誠不想承認，但這男人讓他感到不孤獨。

就像黑暗的世界裡，冒出一點不起眼的、暗淡的燭光。

即使不起眼，也讓他感到這個世界不再黑暗。

閻志誠漸漸在對方身上找到父親的影子——縱使二人的外型性格相距甚遠。

雖然不務正業、言談粗鄙，但這男人鍥而不捨地，以自己的方法對閻志誠表達關心。

這個男人叫林建笙。

第七章

我相信林建笙是無辜的。

他雖然綽號「鬼建」，是個衝動、粗魯、蠻不講理的傢伙，但我相信他沒有殺人。

那個曾阻止我送死的男人，不可能變成狠心屠殺孕婦的惡魔。

我當天知道笙哥被通緝時，便感到內疚——他之前約我見面，說不定是要跟我商量妻子婚外情的事。只要我跟他灌幾杯酒，他便不會去鄭家找碴，更不會變成嫌犯。

但我那天為了自己的工作，冷淡地說了兩句便把他打發掉。

我背棄了他，在他最需要他人時背棄了他。

但我真正的罪責，是在三月三十日被判處的。

我在街角一直等笙哥，但他沒有出現。當我聽到擾攘，跑到車禍現場時，我看到那輛撞得扭曲變形的車子，以及被抬出來、血肉模糊的林建笙。

就像當年父親被壓在輪子下的模樣。

我站在湊熱鬧的人群中，感到莫名的恐懼。在馬路另一邊的人行道上，散滿途人走避時留下的物品。有菜籃、書包、手袋、公事包……還有零散的、形狀不規則的血跡。

他們的死──包括笙哥的死──也是因為我的錯誤決定。如果我沒有打算讓笙哥躲藏在我家，這意外便不會發生。

直至現在，我仍相信林建笙是無辜的。

即使社會上每個人都認為他是雙手染血、殺人如麻、草菅人命的凶手，我仍深信他是無辜的。

「我蹲過這麼多年苦窯，條子恨不得讓我頂罪，乾淨俐落！」

笙哥臨死前在電話中這樣說過。

笙哥去世後，我一直想聯絡警方，向他們保證林建笙並不是凶手。可是我知道他們不會相信我，我只是一個普通人，而且更是林建笙相識的人。

就在我不知所措時，某天在街上遇上那個休班警察。

「媽的，你這傢伙走路不長眼嗎？」「老子跟你說話！你一副瞧不起人的模樣算什麼呀！」「幹你媽的，你還不停下來？你信不信我抓你回去關你兩天？」「老子就是警察！我看你不順眼，揪你回去告你行為不檢也可以！」

果然，警察都是混蛋。當我回過神來，我已坐在那傢伙身上，毆得他滿臉是血。

從那天開始，我便知道要替笙哥平反，便得靠自己。

警方不會調查的，便由我去調查。

我要獨力找出真相，揭破這個混帳社會的虛偽，讓每一個曾蔑視笙哥的混蛋，低頭承認自己的錯誤——這就是我部署多年的計畫。

結識許友一、蒐集情報、僱用私家偵探打聽案件關係者等等，是我計畫的第一步。

第二步便是親自調查，即使要冒充警察，我也一定要把真相找出來。

我深信鄭元達另有仇人。這名真凶碰巧在笙哥上門找碴當天行動，才會讓笙哥蒙冤。只要接近呂慧梅，向她查詢她妹夫當年的交友關係，一定會找到那個真凶的影子。

拍攝東成大廈血案的電影給我很大的方便。我可以名正言順地向許友一請教模仿警員的辦案手法，更可以偷走道具證件，在冒警偵查時用上，而萬一被截查，亦可以推說是拍戲所用。

只是，我沒想到在執行計畫第二步前，我遇上失憶這種意外。

陸醫生他們不知道的是，除了他們說的三個巧合外，我在腦內演練冒充許友一警長已演了上百次。這才是決定性的，令我以為自己是許友一的第四個原因。

不過現在說什麼也沒關係了。我一直以為在笙哥闖進鄭家前，真凶先走進房間，殺害鄭氏夫婦，笙哥只是代罪羔羊，就像電影《亡命天涯》[19]一樣。可是照許友一的說法，銀行監視器能證明笙哥是唯一從窗戶闖入鄭宅的人。

那麼，凶手會是誰？

從屍體的狀況來看，凶手是懷有極大的恨意，所以笙哥有最大的嫌疑。有人比他更痛恨鄭元達夫婦嗎？

會不會是鄭元達的其他情人？李靜如說過，鄭元達除她外還有幾個女人。可是，情婦殺害正室不出奇，連情夫也幹掉，便不太合理。

等一下。我回想許友一的說法，那好像有一個漏洞。

銀行監視器證明的，只是笙哥是唯一一個進出巷子的人。如果真凶是從屋頂游繩而下……

凶手是大廈的其他住客？

不對。警方一定已經調查過大廈的所有住戶。如果有人跟鄭元達夫婦有關係，警方不會單單把矛頭指向林建笙。

只有笙哥擁有合理的殺人動機。

有點頭痛。

我摸摸額頭，傷口傳來刺痛感。我想麻醉藥已經失效。

時間是凌晨一時三十分，窗外傳來暗淡的燈光，但我沒有睡意，躺在病床上繼續思考案件。

19 《亡命天涯》：原名 The Fugitive，台譯《法網恢恢》／《絕命追殺令》，六〇年代美國影集，一九九三年重拍成電影。故事講述醫生主角回家後發現妻子被獨臂男人殺害，警方卻以為他殺妻後逃走。為了找尋凶手，主角一邊逃避警方一邊行醫救人，亡命天涯。

——「BA10區也涉及憑知識和記憶推論出猜測和決定的功能，你之前這部分的功能受損，你以為合理的推論也可能只是錯覺。」

我想起陸醫生的話。也許我現在覺得合理的想法，其實全無邏輯可言。我除了精神上一塌糊塗，就連理性也漸漸失去了。

該死的PTSD、該死的腦硬膜下血腫、該死的解離。

我突然想起阿沁。

我想起她在餐廳時向我詢問我的創傷的樣子，想起她在山坡上懊惱哭泣的樣子，想起她早上情急困窘的樣子，想起她跟呂慧梅談大衛寶兒的樣子……

那時候……

我倏地坐起身子。

——「就叫『出賣世界的人』吧！」

阿沁在茶餐廳跟我說的話浮現腦海。

動機……對了，是動機。是一個所有人也會忽略的動機。

——「假如我是秀蘭，知道丈夫在外面惹了一身風流債，還可能弄大了情婦的肚子，我也會發飆吧。」

我摸著額頭上的紗布，產生一個新的想法。這想法太誇張了，簡直就是瘋子才會想到的。

但我竟然覺得這是合理的結論。

這是錯覺嗎？

——「前提是，凶手沒有早一步幹掉我們，殺人滅口。」

我突然想起不久前我在呂家所說的這句話。一股寒意從我的背後竄上，就像PTSD來襲，不安和混亂令我不住顫抖。

但我知道這不是發病——我是感到恐懼，害怕再一次犯下無可挽回的錯誤。

我拔掉手臂上的點滴，衝出病房。

「先生！你不可以走出來啊。」在走廊盡頭，樓梯前的服務處，那位戴圓形眼鏡的護士對我說。

「護、護士小姐，五樓有病人有生命危險……」我結結巴巴地說。

「閻先生，你剛動了腦部手術，思緒有點混亂。如果你睡不著，我可以請醫生替你注射鎮靜劑。」護士小姐說。

「不、不是！」我大聲嚷道：「妳聽我說，如果我現在不去就可能來不及了——」

「怎麼了？」一名健碩的男看護從服務處旁的小房間走出來，他的表情不甚友善。

如是者，我被送回房間去。他們大概認為我產生幻覺，半夜兩點胡言亂語說什麼生命危險，簡直是瘋子所為。雖然我或許能以武力制伏那個男看護，但如果女護士通知其他人，我現在只會被注射鎮靜劑，呆呆的躺在床上。

就算我現在跟警察說明情況，他們只會一樣以為我腦傷未復元，置之不理。警察並不可靠。我只能靠自己。

護理站的位置就在電梯和樓梯對面，任何人經過都會被當值的護士看到，我想，五樓也是同樣的格局。我現在身處六樓，只不過是一層之隔，卻沒法到達。

我的右手沒法使力，就連大腿也軟弱無力，就是這個原因，我不想用這個冒險的方法。我想，我準是瘋了。

我打開房間的窗戶，踏上窗緣。

「好冷。」

我身上只穿著單薄的病人服，三月夜間的天氣還是很冷，我想，這樣一直被風吹的話，搞不好會患上肺炎。其實我不用擔心，因為相比起肺炎，我因為打噴嚏而失足墮樓身亡的機會更大。

我沒有笨到打算直接往下攀一層。我現在的體力不足，即使爬一層也很容易失手。我攀出窗戶，站在窗外的平台上，慢慢的往左邊移動。窗外的平台很狹窄，我好不容易才經過三間房間，離我的目的地還有十公尺。我緊貼著牆壁，讓自己的重心不會偏離，一公分一公分的前進。

當我的手指扳到那扇窗戶的邊緣時，我用力一拉，把自己拉進窗框裡。這是樓梯的窗子。我利用樓梯，往下走一層，透過木門的玻璃窗偷看走廊的情況。果然如我所料，護理站的位置和上一層一模一樣，本來我還奢望兩層的間隔不同，或是碰巧護士有事走開，可是我今天的運氣已用光了。

我再次爬出窗戶，又一次沿著平台往前走，面前是一個九十度角的彎位。稍微活動一下，我覺得右手的觸覺漸漸回復，但右邊鎖骨下的傷口愈來愈痛。

我一咬牙，從平台之間跨過空隙，成功抓住外牆的突起物，雙腳踏在那不足四十公分寬的平台上。

我從窗子向房間內窺看。房間天花板的燈沒亮著，我只能靠著牆角一盞小小的照明燈觀察裡面的情形。

一道銀色的閃光抓住我的視線。

是呂慧梅。

她正在打開病房角落的櫃子，似乎在找一些醫療用品。小安安穩地睡在床上，看她的樣子，大概沒有受傷，只是受了點驚嚇。

我待在窗口外面，躲在死角，讓呂慧梅看不到我。如果這兒是呂慧梅母女的房間，旁邊便是阿沁的病房了。

在我看到呂慧梅的瞬間，我已知道我接下來要幹什麼。

我趁著呂慧梅沒察覺，往旁邊的平台繼續走，祈求窗子沒有關上。我的手指攀上邊緣，發覺窗戶真是打開了時，那種鬆一口氣的感覺幾乎讓我掉下五層樓。我悄悄地爬進昏暗的房間，確認床上的人正在熟睡，偷偷地把小燈關掉，讓房間變得漆黑一片，只靠窗外的燈光照明。我把病床旁向著房門一面的布簾拉起，讓進來的人看不到病床的模樣，然後走到床邊，用左手大力的捂著病榻上的人的嘴巴——

「唔！唔咿！」阿沁猛然驚醒，露出恐慌的神情。她手腳不住掙扎，但即使我再累，要制伏她倒也不難。

我用右手箍著她的雙臂和身體，左手一直沒放開，把她壓在床上。她的雙腳亂踢，我便用右腳把她壓住，整個人幾乎趴在她身上。她的呼救聲變成嗚咽，眼角流著不忿的眼淚。

「別吵。」我以威脅的語氣命令她說。

「嗚……」她無力地屈服。

「嘎」的一聲，突然從房門那邊傳來。因為有布幕遮蔽視線，房門打開了多少我看不清楚，但從微弱的腳步聲，我肯定已有人走進來。

阿沁忽然用力反抗，我深怕那個人會聽到，用力掩住阿沁的嘴巴，我的臉差不多貼上她的臉。這個時候被發現的話，便功虧一簣。

布簾緩緩拉開，一個黑影站在我們面前。

「咦？」黑影發出微微的驚呼，似乎在黑暗中看到床上的異樣。我一把放開阿沁，伸手按亮床頭的大燈。

呂慧梅以戴上醫療橡膠手套的右手，抓著刀子，怔怔地站在我們面前。她身上還穿上了淺藍色的塑膠保護袍。

「妳——」我才脫口說出一個字，呂慧梅突然把舉著的刀子刺下來，沒有退縮。千鈞一髮間，我以左手架開她的手腕，以右推手黏往她的肩膀，順勢往她的手肘壓下，左手向上一推，然後將她的手腕屈到肩胛後。她的手掌鬆開，刀子掉到地上，我便用腳把它踢往後方。

真是不能大意。我沒想過，多年前學習的奪刀手法能派上用場。

「發生什麼事？」阿沁喘著氣，一副驚魂甫定的樣子。

「讓我向妳介紹，」我對阿沁說：「這便是東成大廈血案的真凶。她是來殺妳滅口的。」

「呂慧梅女士？她要殺我？為什麼？而且為什麼她要殺死妹妹和妹夫？」阿沁訝異地說。

「呂慧梅沒有殺死妹妹和妹夫。」我一邊說，一邊盯著這個凶手。

「你剛才不是說……」

「這不是姊姊呂慧梅，這是妹妹呂秀蘭。」我說。

「呂秀蘭？呂秀蘭不是已經……」

「所以，死去的孕婦是呂慧梅，並不是呂秀蘭。」

呂慧梅臉如死灰，一言不發站在病床旁邊。殺人計畫失敗，被受害者和證人當場逮住，人贓並獲，換作誰也不能作聲吧。

「許……閻先生，你是說凶手和死者掉包了？怎可能啊！」阿沁的聲音顫抖著，她似乎仍未平復。她大概仍堅信林建笙是凶手，可是，剛才呂慧梅舉刀想刺殺她卻是有目共睹的事實。

「我先說明東成大廈凶案當天的情況。」我緊盯著呂慧梅，生怕她突然發難。

我說：「許警長剛才告訴我，有鐵證證明沒有第三者攀過外牆，所以我推理的閻志誠……我是真凶的說法並不正確。對警方來說，林建笙有動機、現場有證據、有證人，這足夠把他列作嫌犯。我的推理有一半是錯誤的，不過，問題是餘下的一半有沒有錯。」

我吞了一下口水。「在沒有牽涉『閻志誠』的情況下，林建笙是否有足夠的氣力握刀、為什麼沒有準備手套、性格上他應該只用拳頭教訓他人等理由變得薄弱。雖然薄弱，但不代表不正確。當我知道原來鄭元達死在客廳，而不是跟『妻子』一同死在臥房，便知道林建笙不是凶手。和先前的推理一樣，只是真凶換了人。」

「為什麼林建笙不是凶手？」呂慧梅第一次開口。

「如果林建笙是凶手，他是從臥房窗口進入的。那麼說，他應該是先殺女死者，再殺客廳的鄭元達。可是，懷孕的女死者並不是一刀斃命，而是先被刀刺腹部，再刺胸口而死。她應該能呼救，這樣的話，客廳的鄭元達應該會進入房間，要被殺的話也是在臥房。」

「他不會是看到林建笙所以逃走，從後被追上才在客廳被殺嗎？」阿沁說。

「一般情況的話有此可能，但沒有父親看到懷著自己孩子的母親被傷害仍一心逃走。」

我頓了一頓，說：「我們也可以猜想林建笙先走出客廳殺死鄭元達，才回到臥房殺害女死者的可能性，但如果他是要殺人──尤其是殘酷地做出這種兩屍三命的凶案的話，他不會花工夫把次序倒過來，見一個殺一個便成。於是，最簡單的解釋，便是凶手不是從窗戶進入，而是從大門走進屋子。鄭元達很可能因為吵架，被『妻子』罰睡沙發，所以從大門進屋的凶手先殺害男死者，再到房間裡解決女死者。住宅大門沒有被撬過的痕跡，如果不是鄭元達開門的話，便代表凶手有鑰匙能打開大門──呂女士，妳能在翌日早上發現凶案，妳可不能否認說妳沒有鑰匙啊。」

呂慧梅沒答話，似是默認。

「妳殺害二人離開後，林建笙才潛入鄭宅──不，說不定當時妳未離開，躲在暗處觀看。林建笙大概在巷子聽到女死者的呼救，因為好奇或懷疑鄭元達傷害妻子，於是爬窗進入寓所。他看到屍體一定大驚失色，知道自己會被懷疑，所以慌忙逃跑。他很清楚自己是個慣犯，加上有殺人動機，嫌疑最大。雖然他可以向警方說明一切，但他大概認為警方不會相信他的供詞。」

「等等，這也不過代表凶手可能是大廈的住客，或是潛伏在大廈的殺手吧？你憑什麼認定凶手是呂慧梅……不，呂秀蘭？」阿沁不住把目光放到我和呂慧梅身上。

「事發翌日早上，她沒帶著小安，獨個兒到『妹妹』家也很奇怪。就算妹妹和妹夫吵架，沒有阿姨會把四歲的小孩獨留在家中，自己一個去看看情形的。為什麼不打電話？這就像在說『因為知道孩子會看到屍體而承受打擊，所以特意避開』一樣。」

「而且，這女人有殺人動機。」我瞪著呂慧梅，說：「我想過情婦殺害妻子的可能，可是連丈夫也殺死便有點不對勁。相反，善妒的妻子知道丈夫有婚外情，而且對方還是自己的姊姊，一口氣殺掉二人便是老掉牙的情節。」

「她真的是呂秀蘭……？」阿沁不住重複相同的問題，像是難以置信。

「她是呂秀蘭。」我斬釘截鐵地說：「她的行為和說話，都指向相同的結論。

在東成大廈凶案發生後，她辭去工作、搬到元朗過著隱居式的生活並不是為了心靈上的療傷，而是為了防止他人發現『呂慧梅』的性格或外表有變。就算兩姊妹有多相像，在相熟的朋友、同事、鄰居眼中，還是能分得出來。即使以『家中發生慘劇、令性格改變』為理由，亦可能有露餡的一天，所以她採用最保險的方法，讓『呂慧梅』捨棄原來的圈子，和女兒隱居。她不肯為雜誌拍照也是相同的原因，因為她害怕被姊姊的朋友看到，萬一找上門便讓這個執行了六年的詭計敗露。」

「但她亦可能真的是因為家人逝世而隱居啊？」

「小安說媽媽沒有帶她去旅行。」我說。

「什麼？」

「光從房間的裝潢，我們也知道呂慧梅是個愛好旅行的人，她以前更在旅遊雜誌社工作。可是，這些年來她沒有外遊。如果要扮作呂慧梅，即使不經常旅行，每逢暑假也該帶著『外甥女』到外國逛逛才像樣，而她沒有這樣做並非『不想』，而是『不能』——她不願意冒在海關被揭發頂替身分的危險。在香港離境會檢查指紋，如果到時發現一個死人乘飛機，東成大廈案的真相便會被揭破。」

呂慧梅以惡意的眼神瞪著我，但沒說半句反駁的話。

「而最大的漏洞，是在黃昏時阿沁妳揭破的。」我說。

「我？」

「妳跟她談大衛寶兒。妳沒發覺那時有什麼不妥嗎？」

「什麼不妥？除了她太累沒心情跟我談之外……咦？」

「就是那個。」我以冷淡的聲調說：「不是沒心情談，而是沒辦法談。呂慧梅是大衛寶兒的歌迷，收集了很多唱片，但呂秀蘭對這位英國音樂人沒有興趣，頂多只有淺薄的認識。只要跟一個貨真價實的歌迷聊一下，便會知道是不是假扮的歌迷。」

我頓了一頓，再說：「就是以上種種原因，讓她認為阿沁妳有可能威脅到她的秘密，危及她和女兒今天安穩的生活，所以她剛才要殺妳滅口。」

「滅……口？」阿沁露出驚惶的表情。

「記得當我告訴她，我知道林建笙不是真凶時，她的反應比知道凶手盯上她和女兒時更大。而當妳說報導也許會令案件翻案，她的表情也變得很苦澀。」我苦笑一下，「其實是我的錯，提出『真凶只有殺人滅口才能夠阻止罪行曝光』的，是我，我的說話令呂秀蘭付諸行動。她擔心的不止是媒體的追訪，她最害怕的是當年的罪行會被揭發。」

「可是她殺我的話，如何脫罪？」

「很簡單，那隻代罪羔羊就在妳眼前。」

「你？」阿沁吃驚地說。

「你看看地上的匕首吧。」

當阿沁發覺地上的刀子是我曾拿來示範的銀色西藏小刀時，發出微微的驚呼。

「剛才我在隔壁窗口看到她戴著手套，拿著這刀子時，我便知道我救不到妳的話，連我也會陷入大麻煩。」我說：「她大概是在逃走時順手拿來當成自衛武器，因為那時她雖然知道我不是真凶，但難保是來為林建笙報仇的傢伙，搞不好更已查清楚她的罪行，準備動用私刑。因為匕首附有刀鞘，拿刀的時候應該會只拿著那部分，我想當她知道整件事情的來龍去脈時，便想到我在刀柄留下了指紋，可以加以利用。我是個因為腦損傷而誤會自己是另一個人的神經病，瘋子殺人，沒有什麼好調查，到時我說什麼也沒有用。而且警方應該會很高興，因為……我猜這一把便是殺害鄭元達和呂慧梅的凶刀。」

從呂慧梅的表情看來，我知道我猜對了。

「可是，我還是不明白她們二人如何掉包，」阿沁一臉茫然，問道：「女死者是個孕婦，她們兩姊妹就算樣子再相似，也沒可能弄錯啊！」

「這個很簡單，二人從呂慧梅懷孕開始便調換身分便可以。詳細的原因就讓她自己解釋吧。」

呂慧梅以倔強的眼神瞪著我們，良久，她開口說：「姊姊有一天跟我們說她懷孕了。她不肯告訴我誰是父親，但她害怕肚子愈來愈大會招來鄰居閒言閒語，於是提議跟我對調身分。直到林建笙來吵罵的一天，我才知道元達有外遇，更發覺原來姊姊也是他的情人之一，她的孩子，竟然是我丈夫的。我帶著小安回到姊姊的家，愈想愈氣，最後決定把這對姦夫淫婦處決……我這樣做也是為了小安，我不想她將來有一個同父異母的表妹……」

「妳曾說過『假如我是秀蘭，知道丈夫在外面惹了一身風流債，還可能弄大了情婦的肚子，我也會發飆吧』，」我說：「當時我就覺得奇怪，為什麼妳會提起『弄大了情婦的肚子』——因為妳知道那個『情婦』就是妳的姊姊。」

「那麼說，在呂慧梅懷孕期間，妳一直冒充姊姊？」阿沁問。

呂慧梅一臉不甘心，點點頭。

「閻先生……你不是刑警吧？你只是個演員罷了，為什麼要破壞我的生活？」呂慧梅悻悻然道。

「不管我是閻志誠還是許友一，事實便是事實，無論我有什麼身分，甚至有沒有特定的人格，事實也不會因為我是誰而改變。我沒有破壞妳的生活，我只是依著我所知道的事實去行動、去推論，妳要問便問自己，為什麼引發這些事實，讓其他人因為這些事實去破壞妳那虛偽的生活。」

之後我們按鈴召來護士，護士召來當值的警員，先把呂慧梅扣押。警員和護士未必相信剛動過腦手術的我的說法，但加上阿沁的證詞就沒有問題。我和阿沁坐在走廊的長椅，等候負責的許警長回來，替我們筆錄。

「凶手竟然是呂秀蘭……想不到有這種情況……」阿沁沉吟道。

「不，凶手是呂慧梅。」我沒回頭，淡然地說。

阿沁瞪住我，詫異地說：「你是說假裝成呂慧梅的呂秀蘭吧？」

「不，凶手是貨真價實的呂慧梅，剛才那個不是呂秀蘭，呂秀蘭在六年前已死了。」

阿沁一臉不解地看著我。

「但你剛才的推理……」

「那大部分是真的，只是有少部分是虛構的。」我說。

「我不明白。」阿沁似乎被我弄糊塗了。

「我問妳，我是誰？」

「你是閻志誠……吧？」阿沁有點猶豫，以為這是個有陷阱的問題。

「沒錯，但我今天……不，昨天一直以為自己是許友一。」

「我聽醫生和許警長說你頭部受傷，所以導致很罕見的病況……」

「不罕見吧，剛才我們遇見另一個類似的例子了。」

阿沁出奇地瞧著我。

「剛才那個是呂慧梅，」我回頭望向阿沁，「可是她以為自己是呂秀蘭了。」

「咦？」

「我是從之前說過的線索，猜測那個人不是姊姊呂慧梅而是妹妹呂秀蘭，她的一舉一動也相當可疑，而且，當我在窗外看到她拿著刀子時，便確定我的想法沒錯。可是，現實中警方沒可能把屍體的身分弄錯，法醫都會作詳細的檢查，死者身分出錯的機率微乎其微。結論便是——呂慧梅在案發當天因為某些精神打擊，引發隱藏的精神病，以為自己是呂秀蘭，把真正的呂秀蘭當成跟丈夫有曖昧的『姊姊』，再殺害二人，然後偽裝成呂慧梅，繼續生活。」

阿沁呆然地看著我。我想，剛才的說明太拗口了。

「簡單來說，便是呂慧梅有雙重人格，以為自己是妹妹，再偽裝回本來的身分。事實上她沒有冒充誰，只是從她的角度來看，她以為自己正在冒充姊姊。」

「你怎知道的？」阿沁驚愕地問。

「因為有了昨天的經歷，讓我發覺一個人自以為的身分並不可靠，接著便作出這個瘋狂的猜想。我對這理由是沒有把握的，但剛才呂慧梅的說明，倒一一證實了。」

「證實了？」

「正如妳所說，一個是孕婦，一個沒懷孕，根本沒可能掉包。要調換身分便得一開始進行，可是那是毫無理據可言的。如何瞞過公司的同事？呂慧梅當時還未辭職。另外，如果身分倒轉，妻子讓懷孕的姊姊住在丈夫家，自己丟下女兒一個人住，也非常古怪。我剛才的推理中，有提過鄭元達可能因為吵架被妻子趕到客廳去睡，如果他們不是夫妻，這便不成立，可是呂慧梅完全沒有反駁這點。」

我頓了一頓，望向天花板上的日光燈。

「除此之外，還有一些客觀的理由。」

「客觀的理由？」阿沁問道。

「妳記得呂慧梅現在是幹什麼工作的吧。」

「工作？就是在家裡工作，替出版社翻譯一些文章……」

「呂秀蘭是個學歷不高的女人，但呂慧梅曾留學英國，妳認為呂秀蘭冒認姊姊後，能勝任翻譯的工作嗎？」我把目光從天花板轉到阿沁身上，再說：「人的記憶分成情節記憶和程序記憶，呂慧梅的情況是情節記憶出錯，以為自己是妹妹，可是她懂得多種外語的能力卻是程序記憶，所以她仍然保留這些知識。」

「或者她是冒認姊姊後，才學習呢？」阿沁反駁道。

「如果是的話，她就是個天才了，短短幾年間就學懂德語和法語。」我想起檯面上的德語和法語詞典。「如果真的是冒認的話，她根本沒有去學習外文的動機。她已經在新界隱居，就沒必要模仿呂慧梅本來的職業去賺錢嘛。在家工作，還有其他選擇啊。」

「不過……」

「其實最關鍵的證據，是她替妳弄相機時說出來的。」

「是日文嗎？對，她一看就懂那些日文字是什麼……」

「不，那也不是關鍵。」我說：「我其實當時想問，妳們說的 CMYK 和 300dpi 是什麼？」

「啊？CMYK 就是印刷四分色模式的簡稱，300dpi 是印刷解析度，每一吋有多少點，印刷通常用三百以上，最好用六百……」

「那是只有在出版社工作過的人才懂的行話吧？我看妳當時一味點頭，就這樣猜想了。」我笑著說：「呂秀蘭以前在銀行工作，她會懂得這些編輯才懂的東西嗎？」

「那也是程序記憶？」阿沁問道。

「工作上的，大概是了。」我想起白醫生提過的那個機械師的例子。

「那麼呂慧梅剛才解釋二人掉包的理由……」

「全是虛構的。人的大腦是很奇妙的器官，當我們看到彩虹便會聯想到曾經下雨，當我們看到玻璃碎片和石子便會聯想到有人擲石頭打破窗子，我們無時無刻會『填補』大腦中的空白。」我把陸醫生之前說過的話重複一次。「呂慧梅說的，只是填補我所說的事情之間的空白。說不定她之前已考慮過，甚至認為那是事實了。」

我想，真正的情況是呂慧梅得知妹夫有外遇，善妒的妹妹變得歇斯底里，觸發了呂慧梅的另一個潛伏的人格。她可能一直羨慕妹妹有一個幸福的家庭、有一位體貼的丈夫、有一位可愛的女兒，所以當這個假象被撕破後，她接受不了，陷入崩潰邊緣。

當然，也有可能是她的大腦海馬體什麼的有問題，或是患上妄想症、精神分裂症之類。我對當中的理由不想深究，說不定那個真的是呂秀蘭，或是像《迴轉幹探》中一個人陷進了過去另一個人的身分……

對我來說，最重要的是我能證明笙哥不是凶手。

還有阿沁沒被殺害。

我實在不想再遇上讓我後悔、無力挽救的情況。

坐在醫院的走廊裡，我感到前所未有般平靜。好像卡在喉嚨的骨頭，經過多年後終於吐了出來。我仍覺得我要為笙哥和因車禍致死的路人負責，但這刻我覺得我有贖罪的資格。

我想起五年前白醫生的那句話。

——「一位美國的心理學家說過，受損最嚴重的情感便是那些從未討論過的。」

「阿沁。」

「怎麼了？」

「……雖然有點唐突，但妳昨天問過我因為什麼事情得到 PTSD。妳現在願意聽嗎？」我略帶猶豫地問。

「嗯……好。」阿沁想了一下，微微點頭。

「這要從我十二歲時說起……」

*

許警長回到醫院已是兩個鐘頭後的事。對於這結局他感到驚訝，但他也同意這些事實，值得讓結案六年的東成大廈凶殺案的檔案重開，向上級匯報。因為案情出現新發展，我冒警的行為沒讓他負上太大的責任，算是還給他一個人情。

笙哥逃亡時引致傷亡的事件亦被重新審視。因為美國發生一連串汽車故障，令某日本汽車製造商承認旗下好幾款汽車的設計有毛病，油門有可能無法順利回到原位，令車子不斷加速，全球多國進行回收和修理。笙哥奪去的計程車正是其中一款型號，由於撞車後車頭變形，無法判斷是否因為機械故障導致意外，肇事汽車亦被銷毀，這事件已變成懸案。不過，由於東成大廈案被翻案，輿論普遍傾向同情笙哥，我亦相信笙哥不會是為了讓自己逃走，連撞倒小孩子也不停下來的惡徒。

我一直以為許警長跟我一樣患有PTSD，可是我後來才知道，原來他早痊癒了。他曾經因為跟匪徒搏鬥，半條腿踏進鬼門關，同行的老前輩更當場殉職，但他接受了一年多的治療，已完全康復，可以認真地面對過去的創傷。我一直沒跟他談這些話題，是怕他反問我的過去，不過現在我已變得不在乎。

我再次回到白醫生的診所。她對我主動回去接受治療很是高興，也樂於跟我聊天喝咖啡。她說如果一個患者不願意自救，再厲害的治療師也無能為力，可是如果一個人願意接受幫助，疾病便已痊癒一大半。

我減少了到笙哥靈前拜祭的次數。以往我每個月三十號也會到他的墳前，是因為我覺得他即使死去也沒有朋友，世上只有我一個記得他，而我和他同樣孤獨。現在我倆也擺脫束縛了。當然，我還是打算每隔數個月去為他掃墓。我想，也許有天會遇上李靜如，她應該願意面對過去吧。

我終於明白那天早上從停車場步行往警署的異樣感是什麼。我每天駕車回影棚也會經過那段路，可是我從來沒有親身走過，只是從車子看過街景，所以出現一種介乎熟悉與陌生之間的感覺。至於印象中的西區警署……那根本不是真實的，那只是影棚裡搭建出來的布景。據說和當年的實景有點相像，也許莊導演參考過好些資料。有時我想，角色身處的世界，和我們身處的現實有什麼不同。過往我為了逃避創傷，塑造出另一個身分，活在不實的現實裡，某程度上，演員也差不多。

我打算改天去青龍拳館找找梁師傅，告訴他這事情。這些年來我一直在忙，頂多能抽空跟他吃晚飯，沒回過拳館，連拳館搬上三樓也不知道。我是笙哥介紹加入拳館，跟師傅學習詠春的，沒想到笙哥反而比我早放棄。師傅沒跟人提起林建笙也很正常，誰希望被人知道惡名昭彰的殺人犯曾是自己的徒弟呢？對他老人家來說，像我這種曾拿業餘賽冠軍，認真工作的徒弟才值得誇口吧。說起來，那個大力看來身手不錯，跟他練習對打一場也好，順便教訓一下那個金毛阿廣，把他的劣根性改過來。

許警長對我這兩天的經歷只作出一句評語。

「我們警察又不是拍電影，哪像你這麼亂來的？」

*

「哼！還說要請我吃飯看電影，作為弄壞我相機的賠償，卻遲到了二十分鐘！你這傢伙啊……」

「對不起，我遲到了。」

阿沁穿著一條黑色連身裙，煞是好看。事件後，我跟她還有來往。這天我們相約在銅鑼灣的時代廣場，因為莊導演的電影——即是我有參與的那部——在這兒舉行首映。雖然我只是個小演員，但也獲得贈票。

「事情變成這樣子，兇手也換了人，現在人人也知道了，莊導演這電影怎麼辦？」阿沁跟我邊走邊說。

「雖然不情願，但導演只好利用後期製作和剪接，把故事作出改動，又利用配音，把角色的名字全換掉，當作虛構作品來上映。」我笑著說：「不過人人也知道背後的原因，抱著好奇心來入場，所以大老闆看好這電影會大賣哩。」

「咦，阿一你的角色會改名嗎？」阿沁之後習慣戲稱我做「阿一」，我每次聽到都暗自苦笑一下。

「嗯，叫許友二。」

「噗，那我以後叫你『阿二』吧！」阿沁大笑著牽我的手臂。

「你知道鄭詠安的下場嗎？」她突然問。

我搖搖頭。

「她現在跟鄭元達的父母，即是她的爺爺奶奶一起生活。我早幾天探過她，雖然有點難過，但總算生活好好的。」

「找天我也去探望她吧，小孩子遇上這些事情，可能會留下很大的創傷。我有一位相熟的精神科醫生……」

我們邊走邊談。

因為首映在晚上七時半，所以我們先看電影，再去吃晚飯。本來打算吃些小吃，因為我遲到，現在時間不足，唯有先進場了。

「阿誠，你好啊。」在戲院大堂，一位長髮女生和她的男伴走過來跟我打招呼。

「對不起，妳是……？」我想不起她是誰。

「噢，聽說你遇上意外，忘掉了一些事情？」那位女生笑了笑，「不打緊，我是小希，跟你一同在這電影裡當小角色呢。」

「啊，是嗎？」我伸手跟她握手，也向她介紹阿沁。

「阿一，我去買些爆米花和汽水，快開場啦。你們先聊著吧。」阿沁走到小吃部排隊。

阿沁走遠後，小希微笑著說：「女朋友？」

我笑著回答：「不，是救了我的恩人。」

「哈哈，那我還是先進場，不打擾你們了。」小希沒有深究，挽著男伴的手臂，笑著向我點頭。

「待會見。」我說。

「辛苦你了。」

剎那間，我怔了一怔。我記起她飾演哪一個角色了。

——完

後日談：出賣世界的人

我在白芳華醫生陪同下，走進那跟病人會面的房間。房間裡除了一張沒有稜角的桌子和四張固定在地上的椅子外，沒有半件多餘的裝飾——畢竟，他們要考慮安全問題。在監獄裡獄方要擔心囚犯在會客室裡對訪客和警衛不利，而這兒還要防止病人自殘或自殺。

這兒是小欖精神病治療中心。

雖然名為「治療中心」，本質上卻和高度戒護監獄沒有分別。

默默地等了約五分鐘，正當我想跟白醫生閒聊幾句，舒緩一下肅殺的氣氛時，房間另一邊的閘門倏地打開。在掛上「看護」之名的「獄卒」帶領下，那個人氣定神閒地步進房間。

事隔兩年，呂慧梅的樣子沒有什麼改變。

「哦，閻先生？很久沒見了。」她眉毛稍稍揚起，對我露出一個神秘的微笑。

「今天是什麼風把你吹來？」

我怔了怔，正想作聲，白醫生卻在檯下輕輕用膝蓋碰了我一下，阻止我說話。

「呂女士，這兩個禮拜精神還好嘛？」白醫生沒有回答呂慧梅的問題，反問道。

「挺好的，我都按時服藥，感覺不錯。」

我了解白醫生阻止我的原因，事實上，我也沒打算對呂慧梅說真話。呂慧梅沒有因為殺害妹妹和妹夫被送上法庭受審，因為法醫精神科判定她沒有能力理解審訊內容，加上案情嚴重，向法官提交了「無限期醫院令」，直接讓她被關進這兒。按照程序，每個被頒無限期醫院令的病人每兩年都會接受一次評估，判斷是否康復，決定往後的去向——在監察之下回歸社會、轉到一般的精神病院，或是繼續在中心等待兩年後的下一個評核。

白醫生受評核委員會的主診醫生邀請，擔任呂慧梅個案的顧問醫生，而她今天更找我來測試對方。

「呂慧梅是我碰過最難以捉摸的病人——她太聰明了。」

白醫生拜託我時如此說。

「閻先生，你最近還好嗎？還有沒有跟盧沁宜小姐來往？」呂慧梅笑道。

「嗯、嗯。」我感覺自己快要被對方牽著走，為了爭取主導權，決定兵行險著：「妳記得兩年前的所有事情嗎？」

「當然，我又不是你。」呂慧梅再嫣然一笑，只是我感覺這笑容不大由衷。「而且我現在吃了藥，腦袋不再混亂，對自己的身分很清楚了。」

我和白醫生定睛瞧著呂慧梅，暗示她需要明確地說出答案。

「好吧。」呂慧梅表情一轉，嘆一口氣，似乎對往事不欲提起。「我是呂慧梅，八年前因為精神分裂和思覺失調，誤認為自己是妹妹秀蘭，將……將妹妹和妹夫殺死了。」

「然後呢？」白醫生以平板的聲調問道。

「然後我自作聰明，以為可以瞞天過海，偽裝自己是『呂慧梅』，過著以為自己是秀蘭但騙過所有人的半隱居生活……」呂慧梅苦笑一下，「日語中有句俗語叫『一人相撲』，正好適用在我身上吧。」

「妳對殺害妹妹和妹夫似乎沒有什麼悔意。」我直截了當地說。

呂慧梅眉頭緊皺，對我怒目一眼，轉瞬卻換回平淡的表情。「閻先生，我就直說好了，我們姊妹自幼就不對盤，感情不如外人想像般融洽。可是假如你以為我不對自己的所作所為後悔，你便大錯特錯——我每天都後悔得要死。你可以想像到當我服過藥，知道一切真相時的痛苦嗎？你知道那種無可挽回的無奈嗎？」

我當然知道——我很想這樣回答，可是我更知道這一刻不用對她明言。

「而且，最重要的是小安啊！」呂慧梅繼續說：「我讓小安失去了母親！這是我最無法原諒自己的地方！大人之間的罪業，不該由孩子承受吧？孩子是無辜的啊……」

「獄卒」看到呂慧梅語氣變得激動，正想踏前確保情況受控，呂慧梅卻平靜下來，換回原來的語氣說：「還好小安是個好孩子，我肯定母親不在身邊她也不會學壞。閻先生，你知道嗎？昨天小安也有來探望我。縱使我滿手血腥，犯下如此重罪，她也願意原諒我，說將來要跟我一起住，讓我們回復那平凡安穩的生活……我真該死……真該死……」

呂慧梅說著，眼眶漸漸紅起來，努力忍住淚水。

「呂女士，妳……別這樣。」

我之後按照白醫生事前擬定的內容，逐一向呂慧梅發問，雖然表面上都是一些很普通關於生活和往事的對答，但實際上白醫生是想從這些答案中判斷對方的精神狀況。半個鐘頭之後，我和白醫生告辭，呂慧梅在看護押解下離開房間。

「白醫生，我想診斷結果很明顯吧。」我說。

「嗯。」白醫生嘆了一口氣。「真是高明的演技啊。」

我想，任何不知情的人聽到呂慧梅那段論述過往罪行的自白，都會為之動容，換成一般監獄，十個假釋官裡有十個會為她蓋上「允許」的蓋章吧。

只是，我和白醫生都知道那不過是演技，呂慧梅仍然以為自己是妹妹呂秀蘭。

我們知道呂慧梅仍活在妄想之中，基於兩點：第一，鄭詠安去年已跟隨祖父母移居台灣，在彼岸生活，她一直沒探望過呂慧梅，更遑論原諒對方，說要共同生活云云。我估計，呂慧梅一早猜到白醫生是委員會顧問，手握釋放她的權力，為了讓自己獲得自由，跟「小安一起生活」，故意假裝康復。

她對鄭詠安的說法大概是真實的，只是換個角度，那也能解讀成「我愚蠢地殺害了姊姊，害自己被關在瘋人院，令小安失去了我這個母親」。

而第二點更重要，其實我們沒必要跟呂慧梅耗上半個鐘頭。

「今天浪費了你的時間，很抱歉。」白醫生客套地說。

「不打緊，分內事。畢竟我是當年拘捕她、盤問她的人嘛。」我苦笑道。「只是我沒想到，呂慧梅將我當成阿閻那傢伙了？」

「主治醫生說過，呂慧梅曾將兩個年紀跟你們差不多的男看護當成閻志誠，嚷著『我跟你無怨無仇，為何破壞我的生活』之類的。」白醫生搖搖頭。「但我也想不到她會直接將許督察你看成志誠了。」

「嗯……」

「剛才呂慧梅談到無可挽回的痛苦時，你想起華叔的事嗎？」

真不愧是白醫生。

「醫生，妳不用擔心，我早放下了。」我微微一笑，說：「說起來今晚妳有沒有空？我約了阿閻和盧小姐跟我和太太吃晚飯，假如妳有空不如一起來？」

——全文完

參考文獻

· Glenn R. Schiraldi 著，馮翠霞譯（二〇〇二）《創傷後壓力調適》（The Post-Traumatic Stress Disorder Sourcebook, A Guide to Healing, Recovery, and Growth）五南圖書出版

· BrainMaps.org – http://brainmaps.org

後記

這部《遺忘．刑警》十週年修訂版能面世，我是有點意外的。今年我本來沒有出書的預定，目前仍埋首創作正在《皇冠雜誌》連載的獨立短篇系列「12」，只是月前總編輯婷婷來信說《遺忘．刑警》庫存量低，打算再刷時改版，討論下發現除了重新設計書封外，更可以修訂內容——因為我手上早有一個修訂過的版本。

先談一下本作的由來。我想讀到這兒的讀者，大都已留意到本書乃第二屆島田莊司推理小說獎的得獎作，不過我想很少讀者知道，其實我在十年前將稿件送出去的一剎那，心情頗懊喪。因為截稿限期在即，故事中有好幾個情節我自問沒寫好，就像有A和B兩條通往結局的路線，我卻無法看清哪一條較佳，最後只能盲目選一個。時間也不足夠好好潤稿。當年我寫作經驗尚淺，幾乎沒寫過六萬字以上的故事，自然手忙腳亂，稿期日漸逼近更是雪上加霜，所以即使寫完作品，也只能以「姑且投一投」的心情來參賽。當時想假如能僥倖入圍出版，那至少有一筆額外版稅，幫補一下當時只靠撰寫廉價中篇小說賺取的微薄收入。

所以我被告知入圍後，心情複雜，一方面很高興「成就解鎖」，另一方面又擔心讀者看到種種瑕疵，更何況作品還會被鼎鼎大名的島田莊司先生點評，可說是喜憂參半。及後頒獎禮上獲島田老師親口公布得到首獎更教我一陣暈眩，之後我說的得獎感言嘛，我是沒有記憶的。當天最令我高興的，除了從島田老師手上接過獎座之外，就是日本文藝春秋的編輯荒俣先生說日方編輯部會在讀過譯稿後跟作者討論，修訂內容後才出日文版。這對我而言是天大喜訊，可以讓我重新審視、修整本來已定型的完成品。

在二〇一一年十月至翌年三月，我和日版譯者玉田誠先生持續通信，說明很多故事細節，這期間我亦理清頭緒，確認哪些情節該修改，三月底荒俣先生讀過稿件後，也同意我提出的修改點，我在四月初便呈交了修訂版，玉田先生很快譯好新增修改的部分（其實加起來不多，只有二千餘字，約五至六頁的篇幅），日版《遺忘．刑警》便以此姿態出版。

修訂版和參賽原版最大差異有兩處，一是補上一些伏筆，增強角色從謎面推理出真相的必然性，另一則是上述的「AB路線」問題，主角想出真相後基於什麼理由而行動。原版選擇的是「緝兇」，但其實我最初的想法是「救人」，不過要讓後者合理化便得考慮更多細節，當時覺得前者也可行於是放棄後者，可是事後細想，還是救人比較符合人物個性和全書風格，所以它成為修訂的重點之一——事實上，推理小說往往牽一髮而動全身，修改的部分互相干涉，雖說是「兩處差異」，在內文調整上卻遍佈多章節，增減一句半句對白甚至一兩個關鍵詞，也足以改變構圖和觀感。

至於書末追加的短篇後日談也跟日本有關。二〇一八年文藝春秋為《遺忘．刑警》推出文庫版，當時編輯提議不妨寫一篇後日談隨文庫版附贈，交代一下角色們的去向，最後卻因為技術問題而擱置，於是這個小小的篇章反倒收錄於翌年發行的港版（香港多年來都是販售台版，直至二〇一九年香港皇冠才決定出本地修訂版）。這次台灣的十週年修訂版基本上與香港修訂版相同，不過因為港版有一些在地性的修改（諸如用詞和刪去一些多餘的描述），跟您手上的本書仍有某些差異，台灣新版大概算是最完整的版本。

或許有讀者覺得奇怪，既然我多年前已有修訂稿，為什麼一直沒向出版社提議推出改版，即使本書原版已再刷了兩次。這是因為修訂內容涉及的編校人力頗多，我自覺身為作者就該往前看，不應為出版社添麻煩；其次是因為《遺忘．刑警》是參賽作品，那個投稿用的原版是一筆自身作家生涯的真實紀錄，說不定有作者會為了參賽細讀多屆的入圍作與得獎作呢！假如沒說明修訂歷程，讓他人以為修訂版便是參賽作，那未免有點虛偽了。不過既然已事隔十年，我想，讓台灣讀者能一睹新版也很重要吧，況且給書脊印上一直懸空的書系作品「1號」，亦算是解決一件未了之事。

篇幅所限，本後記只能走筆至此。希望各位讀者繼續支持華文推理，我也會努力創作——嗯，我要潛水繼續寫「12」企劃的新篇了。有緣再會。

陳浩基

二〇二一年九月三十日

附錄

非現實的現實——我讀《遺忘．刑警》

PChome Online 董事長　詹宏志

一如其他常見的推理小說場景，《遺忘．刑警》也有一個頗為典型的開場：一位第一人稱自述的警探來到兇殺案的犯罪現場，公寓大廈的房間裡兩屍三命，死者是一對年輕夫婦，妻子則懷有幾個月的身孕，那位肚子裡的可憐胎兒是來不及見到世界一面的。

刑警辦案是不能避免這一類的血腥場面，也不能害怕或覺得噁心難過，他必須在現場搜尋哪怕是極細微的各種線索，包括檢視死狀甚慘的受害者在內；但小說到這裡筆鋒一轉，美女屍體突然一雙瞳仁轉向凝視的警探，張開豔麗的嘴唇，彷彿帶著笑意說：「辛苦你了。」

但我們知道，此刻我們並不是在讀《The Ring》之類會跑出黑髮掩臉的貞子的恐怖小說，而是在讀「不語怪力亂神」的推理小說，這部小說也只是虛晃一招，立刻讓我們相信那只是精神不濟的警探的幻覺。很快的，小說場景回到寫實的香港都會，從皇后大道西走到德輔道西，陽光明亮，雖然警探有點必須看精神醫師的心理創傷，但推理小說那種清晰「理性」的敘述腔調，讓我們相信這是「推理小說」而無庸置疑。

推理小說「因理而起」，只有相信理性的人才需要「推理」；如果你相信人世間另有神秘力量主宰我們，人類的智慧只能解決小部分的疑問，推理小說或「神探」所賴以為生的封閉邏輯，就成了沒有意義的追求。

這就是為什麼推理小說發展之初，幾位開創性的大師要為推理小說訂定規則，排除推理小說涉及非現實或理性不能管轄的範圍；譬如，推理黃金時期的神父小說家隆納德．諾克斯（Ronald Knox，一八八八—一九五七）曾經提出膾炙人口的「偵探十誡」（Ten Commandments of Detection），其中第二條就明白訓誡道：「故事中不可存有超自然力量……」

不過我們從一切文學史的進展又有種體會，知道所有的「規則」都是訂來被破壞的，關鍵只在於破壞得漂不漂亮，或者在於「破壞之後」我們是否得到新的進步？在推理小說的例子，作家也不是乖乖聽從規則的那種人，他們也是想盡辦法要模糊邊界、要探測定義，甚至要存心挑釁。推理小說家知道推理作品「不可存有超自然力量」，但如果那不可解釋的超自然現象是「可解釋的」，是有理性或科學基礎的，那又為什麼不行？

小說家因而把精神異常的「主觀意識」寫進來，譬如說小說通過一位「人格分裂者」的主觀敘述，那會把推理小說變成什麼模樣？瑪格麗特．米勒（Margaret Miller，一九一五—一九九四）的名著《眼中的獵物》（Beast in View，一九五五）就是這樣的例子。有的小說家更加激進，他甚至要探測底線，把常識裡的「超自然力量」寫進來，最後還要合情合「理」，也許京極夏彥的《姑獲鳥之夏》（一九九四）等一系列「百鬼夜行」作品，企圖顛覆「妖怪小說」與「推理小說」不可能相容的觀點。

《眼中的獵物》用到對「身心症狀」的理解，《姑獲鳥之夏》則用到民俗人類學與精神分析學的知識，這看似邊緣的摸索，其實是開拓了推理小說版圖的努力與貢獻。

《遺忘．刑警》正是一部這樣的中文創作，作者巧妙地處理了「創傷後壓力症候」的現在，和寫實的推理處境結合成節奏明快、轉折離奇、卻又清楚可信的小說，看似不現實，卻又完全現實，這是難能可貴的嘗試與成績。

附錄

第二屆「島田莊司推理小說獎」決選入圍作品評語

日本推理小說之神 **島田莊司**

華文本格推理的確有潛力彌補日本本格小說中容易不足的要素。

作者本次投稿的作品中，最打動我的就是他對「二十一世紀本格」的理解。他在投稿時所附的文章中，提到了他對於「二十一世紀本格」創作條件的認識。

A謎團需要具幻想性，即使寫實也要具備特異的戲劇性。

B作品的謎團設計必須具備嶄新的方法論，或是概念上顛覆傳統作品的模式。

C運用科學原理，以新世紀的科學知識來補強作品，甚至當作主題。

作者的這種認識相當精闢而正確，本作品在這些要素的基礎上，運用了C的高度推理邏輯鋪陳整個故事，當然無愧於成為「二十一世紀本格推理」。

這三點內容除了是作者對「二十一世紀本格」推理的認識，更是作者表達內心創作熱情的宣言。為看似神秘、匪夷所思的懸疑作出合理的解釋，成為故事的出發點，為了讓這種手法具有二十一世紀的今天仍然不曾改變的生命力，並得到進一步發展、更進一步的深入，必須充分了解最新科學的資訊，更加透徹地發揮「夜的詩人」愛倫坡的感性，比愛倫坡更追求匪夷所思的未知體驗，努力幻視具有詩般優美意境的神秘現象。

順利地達到這個境界後，必須再度運用從最新科學中掌握的知識和方法，富有邏輯地、合理地在現實中拆解這些神秘現象，呈現在讀者面前。為了忠於原點的精神，任何當今二十一世紀本格推理作家都必須做到這一點。

然而，經過一百五十年的歲月，推理作家將愛倫坡時代曾經令讀者瞠目結舌的科學方法，逐漸固定化、遊戲化，簡直變成了棒球遊戲規則，結果反而愈來愈忽略故事本身的要素。在這種發展潮流中，科學創意和科學的日新月異這種重大的要素逐漸被人遺忘，作者不斷創作定型化的故事（這已經不能稱為故事。人們將新鮮驚奇的集結稱為故事），為讀者喜歡這類作品的傾向感到安心，導致推理小說逐漸喪失了文學性。

話雖如此，這種方法並非錯誤，這也是必須追求的目標之一，因此，這種類型的作品也可以向島田莊司獎投稿，但是，絕對不能以為這樣已經足夠，不能為此感到安心。本格推理也必須追求豐富的故事性和文學性，必須不時回歸原點的思想和原理，反省目前的方法論，這種態度十分重要。如果所有作家都疏於這項工作，本格推理領域就會像汽車一樣故障、拋錨，逐漸衰退，最後只剩下暢銷書，而這些暢銷書往往並非「本格推理」。

「二十一世紀本格」的提議，向不斷面臨陷入定型化、類型化陷阱危險的日本本格推理界，提出了突破眼前困境的方法，本作品更用一流的才華完成了這項任務。

繼續進行剖析，就會發現本作品的不足之處也逐漸浮上了檯面。作者在本作品中運用了最新科學知識和見解，包括了記憶障礙、PTSD、腦內出血等醫學知識，但其實這些病症在二十世紀就已經司空見慣，缺乏成為「二十一世紀型未知體驗」的前衛性。

當然，比起這些問題，這部作品的可讀之處，在於主角追蹤凶手、試圖鎖定特定人物的整個過程，在看似找到真相和真兇的剎那，再度峰迴路轉，出現離奇曲折的情節，這種故事的發展饒富趣味。在看到終點的那一剎那，案情的景象完全顛倒，他所掌握的整起事件都失效，進入出人意料的發展。然而，如果按照他的理解繼續追蹤下去，又將再度面臨顛覆的局面，再次創造驚奇。作者靈活運用了前面所提到的科學知識和見解支撐了故事的整體架構。

想要做到這一點，必須具備足夠的寫作能力，讓讀者充分相信顛覆前的世界，這位作者的文筆具有不斷說服讀者的能力。一次又一次顛覆的驚奇，其實都牽涉到某個專有名詞，當事人的生活史也隨之發生變化。作品呈現出宛如變魔術般令人眼花撩亂的發展，作者巧妙拿捏、掌握了讀者的驚訝和推測，所有這些能力都成為巧妙架構出作品整體的設計能力。

作者毫不諱言，他在理解「二十一世紀本格」的概念所投稿的這部作品，是在承襲第一屆島田莊司獎的得獎作品《虛擬街頭漂流記》，和拙作《Helter Skelter》創作方法的基礎上進行挑戰。拙作以披頭四的同名曲作為題目，該作品則以大衛．鮑伊的歌曲〈The Man Who Sold the World〉作為英文副標題。

這位作者本次的創作，是運用他的理解力和高度的寫作能力，迅速對於

「二十一世紀本格」這個新詞彙、這種推理小說的新型創作方法，所作出的示範解答。

因此，對作者而言，這部作品並非自然出現在他腦海的自發性創作，而是運用自己的一部分才華，回應了在台灣登陸的「二十一世紀本格」這個全新想法，對作者而言，只是非主流的習作。果真如此的話，顯然這位作者具備了未來無可限量的才華。

國家圖書館出版品預行編目資料

遺忘・刑警／陳浩基著.
--二版.--臺北市：皇冠文化. 2021.12
面；公分（皇冠叢書；第4997種）
（陳浩基作品集；01）

ISBN 978-957-33-3828-4(平裝)

857.81 110019268

皇冠叢書第4997種
陳浩基作品集 01

遺忘・刑警

【10 週年紀念全新修訂版】

作　　者―陳浩基
發 行 人―平　雲
出版發行―皇冠文化出版有限公司
台北市敦化北路 120 巷 50 號
電話◎02-27168888
郵撥帳號◎15261516號
皇冠出版社（香港）有限公司
香港銅鑼灣道 180 號百樂商業中心
19 字樓 1903 室
電話◎ 2529-1778　傳真◎ 2527-0904
總 編 輯―許婷婷
執行主編―平　靜
美術設計―FE設計、李偉涵
著作完成日期―2021年8月
二版一刷日期―2021年12月
二版二刷日期―2024年2月
法律顧問―王惠光律師

讀者服務傳真專線◎02-27150507
電腦編號◎566001
ISBN◎978-957-33-3828-4
Printed in Taiwan
本書定價◎新台幣320元/港幣107元